九十歳。何がめでたい

もくじ

こみ上げる憤怒の孤独　8

来るか？　日本人総アホ時代　14

老いの夢　22

人生相談回答者失格　29

二つの誕生日　37

ソバプンの話　44

我ながら不気味な話 51

過ぎたるは及ばざるが如し 58

子供のキモチは 65

心配性の述懐 72

妄想作家 79

蜂のキモチ 87

お地蔵さんの申子 94

一億論評時代 102

グチャグチャ飯

覚悟のし方 110

懐かしいいたずら電話 118

思い出のドロボー 126

思い出のドロボー（承前） 134

悔恨の記 141

懐旧の春 149

平和の落し穴 157

164

老残の悪夢　172

いちいちうるせえ　180

答は見つからない　187

テレビの魔力　195

私なりの苦労　203

私の今日この頃　210

おしまいの言葉　216

装丁　芥　陽子

装画　上路ナオ子

九十歳。何がめでたい

こみ上げる憤怒の孤独

「長生きするって、たいへんなのねえ……」

私の娘はこの頃、しみじみ、つくづくという感じでいう。私の日々のありよう、次々に起る故障を見ていうのである。

娘は昭和三十五年の三月生れだが、今年何歳になるのか、五十を幾つか越えていることくらいはわかっているが、正確な年齢はわからない。数えるのも面倒だ。自分の年でさえ九十一なのか二なのかわからないのだから、人の年なんてわかりっこない。年なんてもはやたいした問題ではない、と思うようになっている。

昔の年の数え方はシンプルでよかった。正月が来れば、一つ、年を加えさえすれ

8

ばいいというその大雑把な数え方が気に入っていた。例えば十二月二十日生れの赤

ちゃんは、十二日後のお正月には二歳である。今は十二月二十日生れの赤ちゃんの

元日の年齢は「生後十二日」といわねばならない。正月二日には「生後十三日」三

日になると「生後十四日」……。すべてに大雑把な昭和を生きた者には、面倒くさ

いことこの上ない。

「佐藤さん、お幾つになられました?」

と訊かれて答えようとすると、

「えーと……九十歳と五か月……? いや六か月かしら……つまり十一月生れだか

ら、十一、十二、一、二、三……ところで今は何月?」

とボケかけている脳ミソを絞らなければならない。これからお嫁に行くとか、子

供を産む人には年は大切かもしれないが、今となっては九十一でも二でも三でも、

どうだっていいよ! と妙なところでヤケクソ気味になるのである。

9　　こみ上げる憤怒の孤独

なぜか私は声が大きい。その上よくしゃべる。そのため他人は私を元気なばばあ
んだと思いこむ。九十を過ぎて何が困るといって、これが一番困るのだ。仕事（つ
まり原稿とか講演、インタビューなど）を依頼されても、もうそんな余力はない。
散々、働いてきたのだ、身体の方々にガタがきているんです、というのだが、なか
なか信じてもらえない。

というのも声が大きいためであることに気がついて、なるべく弱々しく応答する
ことにしたのだが、それでもしつこくいい募る人がいて、ああいえばこう、こうい
えばああ、と攻防戦をくりひろげるうちに、だんだん地声が出てきて、ついには
凜々たる大声になり、

「お元気じゃないですか！　普通の方より声に力があります」

いわれてあっと気がつく。慌てて小声にしても時すでに遅し。

「声の大きいのが、これが病気でして」

そう繕っても信じてもらえないのである。

正直なところ、現在の私は一年前、いや半年前、三か月前と較べて、めっきり弱っている。私の家から地下鉄の駅まで約十五分、タッタッタッと歩いていたのが、気がつくと半分もいかないうちに脚がどよーンと重くなり、かつてのピョンピョン兎がノロノロ亀さんになっている。足が上っていないものだから、やたらにつまずく。つまずいても立て直しが利かず、思いもよらぬ方向にヨロヨロヨロとつんのめって止らない。後ろから来ていた自転車のおばちゃんから、聞えよがしの舌打ちを浴せられるという情けなさ。

──昔の自転車はチリンチリンとベルを鳴らしたものだけどねえ、とひとりでぼやく。あの頃はチリンチリンが鳴らなくても、自転車が近づいてくると、ガタン、

ガタン、ガタ、ガタ、とか、シューシューというような古タイヤの音、ギーコ、ギーコ、キイ、と、どこやらが傷んでいるらしい音などが聞えてきて、ふり返らずとも自然に身体が脇へ寄ったものだった。

それが今はまるで忍びの兇賊か、はたまた幽霊かという趣でスーと横に現れる。

「危いじゃないですか」といおうとしたら、その前に「危いじゃないのっ！」と怒鳴られる。

そんな愚痴を聞いてもらおうと一所懸命説明するのだが、若い人たち（私にとっては六十歳も七十歳も若い人）は同情するどころか、

「自転車の性能がいいからね」

「道路がいいからね」

「舗装の技術が進歩したのよね」

「この数年の文明の進歩の目ざましさは感動的よね」

ナニが文明の進歩だ、ナニが感動的だ！　こみ上げる憤怒のやり場がなく、私は

しみじみとガタガタ自転車を懐かしむ。　でこぼこ道、雨が降るとグチャグチャにぬ

かるんだ昔の道を夢に見る。

「九十といえば卒寿というんですか。まあ！（感きわまった感嘆詞）おめでとうご

ざいます。　白寿を目ざしてどうか頑張って下さいませ」

満面の笑みと共にそんな挨拶をされると、

「はあ……有難うございます……」

これも浮世の義理、と思ってそう答えはするけれど内心は、

「卒寿？　ナニがめでてえ！」

と思っている。

13　　こみ上げる憤怒の孤独

来るか？　日本人総アホ時代

『マイナンバー』スマホで利用

将来　行政手続き可能に」

二月二十七日の讀賣新聞でそんな見出しが目に止った。

「政府は、国民一人ひとりに12桁の番号を割り振る共通番号（マイナンバー）制度で、スマートフォンを活用できるようにする方針を固めた。2016年1月から交付が始まる予定の個人番号カードを、スマホにかざして情報を読み取れるようにする。　カードがなくても、専用のホームページにスマホだけで接続できるようになる」

とある。何をいっているんだか、さっぱりわからない。だいたい「スマホ」とい

うものがわからない。いつだったか氷雨（ひさめ）の降る日に無線タクシーに電話をかけたが、

混雑しているとみえて三十分近くかけつづけたがつながらなかった。その後、たま

たま乗ったタクシーの運転手氏にそのことを愚痴ったら、彼は一枚のカードをさし

出していった。

「このナンバーをスマホで打てば、直接我々に届きますから、早いです」

私はいった。

「スマホ？」

「スマホ」

「スマホって何なんですか？　そういうものは持ったことも見たこともないので、

そういわれてもねえ……わからないわ」

すると運転手はいった。

「いや、実はわしもわからんのです。ただ、お客さんに渡せばいいといわれただけ

で……」

　見ると運ちゃんの短かく刈った頭髪には白いものが混っていて、年輩者であることがわかった。私はほっとし、思わず声が弾んだ。

「いやあ、ホント、便利なのか不便なのか、わけのわからない世の中になりましたねえ」

　そこから話が弾んだ。

「ところでスマホとケイタイはどう違うんですか？　電車の中で若い人たちが眺めているのは、あれがケイタイですか？　スマホですか？」

「何なんでしょうなあ。もう何が何やらわからんです。そりゃ何だと訊くとバカにされるし、パソコンとか、アイホーンとか……小学生の孫がいるんですがね、そいつが生意気にもいろいろ知ってやがって、やれガラケーが人気なんだよとか、何のことかわけのわからんことをえらそうにいいやがって、こっちは返事が出来ないも

16

のだから、じいちゃん、そんなことも知らなくてよく生きてこられたね、なんてい
いやがるんです」

「スマホを一台持ってると電話にカメラに計算機とか時計の役目までこなすんだっ
て？」

「それに時刻表とか天気予報、懐中電灯、それにびっくりしたなあ、ビデオだった
かな、てめえが発明したわけでもないのに、えばりやがって……てめえの頭と身体
を使って生きてみろっていってやるんですがね」

「そんなものが行き渡ると、人間はみなバカになるわ。調べたり考えたり記憶した
り、努力をしなくてもすぐ答が出てくるんだもの」

「まったく日本人総アホの時代がくるね！」

「こういう正論をいっても耳に入らないんだからねえ。却って軽蔑されるだけなの
ね」

17　　来るか？　日本人総アホ時代

「それでいて敬老の日だなんていうとね。その日だけとってつけたように饅頭かな

んか買ってきて、おじいちゃん、そば饅頭が好きだから買ってきたのってね。そう

いいながら断りもなしにまっ先に食っちまうんだからね」

話は盡きず、降りる場所が来ているのに降りずにもっと話をしていたいのであっ

た。

年寄りが敬意を払われなくなったのは、この急速な「文明の進歩」のためだ。私

はそう思っている。

折しも東海道新幹線の「のぞみ」の時速が十五キロアップで、東京新大阪間を二

時間二十二分で走るようになった、とテレビが伝えている。ブレーキの性能を上げ、

「三分」アップしたということである。

三分アップ?

18

それがナニや、と私は思う。新幹線開通以来五十年、事故は一度も起きていない。それは何よりおめでたいことだ。たいしたものだ。バンザイバンザイと共に寿ぎたくなるが、三分早くなったのが何がめでたい。何でそう急ぐ。飛行機にお客を取られないために、スピードを上げることに熱中しているんです、と解釈してくれた人がいたが、もしそれが本当なら浅はかとしかいいようがない。

進歩というものは、「人間の暮しの向上」、ひいては「人間性の向上」のために必要なものであるべきだと私は考える。我々の生活はもう十分に向上した。私は九十年生きてきているから、これだけははっきりいえるのだが、この九十年の間には国の浮沈にかかわる国難がありはしたものの、それをバネに私たちの生活は日に日に豊かになり便利になり知的になった。そうして「もっと便利に」「もっと快適に」もっともっとと欲望は膨張していく。

昔話のおばあさんは川で洗濯をしていた。私などの子供の頃は井戸から釣瓶（つるべ）でタ

ライに水を汲み上げて、洗濯物を洗濯板の上でこすっていた。それから井戸にポンプをつけて、ギーコギーコとポンプを洗濯板の上でこすっていた。それから井戸にポンプをつけて、ギーコギーコとポンプを押せばザアザアと景気よく水が出る仕組みが考え出され、ほんとに楽になったねえ、有難いねえ、と女たちは喜んだものである。

そうしてやがて「水道」が設置されるようになって、蛇口をひねりさえすればいつでも水には不自由しなくなった。はじめは二階では使えなかった水が、間もなく二階、三階はおろか二十階、三十階、どこでも平気で出る。それが当り前のことで、萬が一、何かの事故で出ないことがあると、水道局には文句の電話が鳴り響く。

「これじゃ生活出来ないじゃないの！ どうしてくれるのよ！」

と喚く人がいるそうで、そういう人に、

「昔を思いなさい。桃太郎のおばあさんは川で洗濯してたんですよ！ それからギーコギーコとポンプを押して……」

などといっても、バカ！ うるさい！ の一言で片づけられるだろう。

20

「文明の進歩」は我々の暮しを豊かにしたかもしれないが、それと引き替えにかって我々の中にあった謙虚さや感謝や我慢などの精神力を磨滅させて行く。

もっと便利に、もっと早く、もっと長く、もっときれいに、もっとおいしいものを、もっともっともっと……。

もう「進歩」はこのへんでいい。更に文明を進歩させる必要はない。進歩が必要だとしたら、それは人間の精神力である。私はそう思う。

老いの夢

いつ頃からのことか思い出せないが、私がテレビを見ていると娘がやって来て、苦々しい顔でいうようになった。

「なんでこんな大音量にするの！」

普通の音量でも聞えないということはないのだが、何となくしっくりこない。じっくり、落ち着いた気持で聞こうとすると音量を大きくしたくなるのだった。

思えばあれが始まりだった。

そのうちテレビの若い女性のおしゃべりが聞き取りにくくなってきた。何をいっているのか身を乗り出して一心に集中しないとさっぱりわからない。小鳥の囀りか

小川のせせらぎのように耳を通り過ぎて行く。

これは、若い女性のタレントがアナウンサーのように発声、滑舌の修練を積んでいないためだろう、と思った。NHKにはこういう囁り派はいない。舞台を踏んだ女優さんにもいないのは、それなりの修練を積んでいるからだろう。当節は玄人よりも素人がもてはやされ、努力や能力よりも器量とか、オッパイとか、バカなことを平気でいう度胸とかに重きが置かれるようになっている。

「そもそもテレビの使命は『伝達』にある。その基本を無視する制作者が怪しからん」などと一人演説を始めるが、勿論、誰も聞いていやしない。

そのうち、男性タレントや若手俳優でも台詞が聞き取れないことが増えてきた。「声が腹から出ていないからこういうことになる。男ならもっとハキハキしろ！」と毒づいたりしているうちに、気がついた。これはどうやら私の耳に問題があるのではないか？

23　老いの夢

そう思うようになってお医者さんへ行くとあっさりいわれた。

「二十代の人の半分しか聞えていませんな」

「聞えない」ということでまず困るのは、他人には（見た目には）それがわからないということだ。目の悪いのは人の目にもすぐにわかる。足が不自由なのもわかる。鼻が詰るのもわかる。

耳の場合は何回も聞き返すことや、呼びかけても知らん顔をしていることでやっとわかってもらえる、という手間のかかるもので、そうかといって当人にしてみれば、あまりにくり返し「え？　え？」と聞き返すのは面倒くさくもあるし、気がひける。かといって、「わたくし、耳が聞えませんので、よろしくご承知下さいますよう」

などと挨拶するのも仰々しい。

24

仕方なくわかったふりをして頷いたり、笑ったり（相手が笑い顔になるのを見て）神妙な顔を作ったりするのだが、相手が質問をしているのに、にこにこして頷くだけで何もいわないですましている、といったことも多分あるだろうと反省するが、だからといってどうにもならないのである。

聞えなくなった耳はもう戻らない。それは病気ではなく「老化」だからだ。

階段を降りている時、突然右膝から力が抜けてヘナヘナとくずれ落ちたことがある。それも不注意ゆえではなく「老化」ですとお医者さんにいわれた。

「気をつけて下さいよ」

といわれるが、何の予兆もなく勝手に力が抜けるのだから気のつけようがない。

背中のあちこちにむやみに痒いところが増えて、掻くにも手が届かず、それもベッドに入って身体があたたまってくると痒くなるものだから、二階の娘を起してま

25　　老いの夢

で掻いてもらうのも面倒で、「孫の手」を片手に枕につくというありさま。それも「老人性湿疹」だそうだ。老人性ということは根治しないということである。

つまり医師や薬に頼っても無駄だということだ。重ねて来た歳月は二度と戻らないように、歳月と共に傷んだ肉体ももはや戻りはしないのだ。

そう思いながら私はお医者さんの待合室に坐っている。一つの苦痛をなだめれば次が来る。一度なだめた苦痛が再びムックリ頭を擡（もた）げたりする。お医者さんはもはや、

「老化ですな」

とはいわない。いわなくてももうわかってるだろ、という心境なのだろう。それを察してこっちから、（半分はヤケクソで）

「老化ですね、だから治らないんですね」

というと、

26

「アハハ」

とお医者さんは笑う。　私も笑う。

「あなたはいつも気持が明るい人だからいいですな」

「アハハ」

とまた私は笑う。　この笑いに籠るいうにいえぬ悲哀を誰が知る。

今は死への序曲なのである。

若者は夢と未来に向って前進する。

老人の前進は死に向う。

同い年の友達との無駄話の中で、我々の夢は何だろうということになった。

「私の夢はね、ポックリ死ぬこと」

と友人はいった。

27　老いの夢

ポックリ死が夢?

なるほどね、といってから、けれど、と私はいった。

「あんたは高血圧の薬とか血をサラサラにする薬とか、いっぱい飲んでるけど、それとポックリ死とは矛盾するんじゃないの?」

すると憤然として彼女はいった。

「あんた、悪い癖よ。いつもそうやってわたしの夢を潰す……」

彼女にとってポックリ死はあくまで「夢」なのだった。そうか、そうだった。

「夢」なのだ。彼女は十代の頃、アメリカの映画スター、クラーク・ゲーブルと熱い接吻を交すのが「夢」だった。ポックリ死はいうならば「クラーク・ゲーブルとのキス」なのだ。現実には摑めないことをわかっていての「夢」である。

「ごめん」と私は素直に謝った。私たちの「夢」はとうとうここまで来てしまったのだ、と思いつつ。

28

人生相談回答者失格

　三月二十一日の産経新聞の「人生相談」でこんな相談を讀んだ。

「田舎の近所付き合いが憂鬱」

という見出しだ。　相談者は五十代の女性で、かいつまんでいうと、彼女は田舎暮らし。　近所は高齢者ばかりで無神経に立ち入った質問をしてくる。　今までいいたくない時は嘘をついてきたので、嘘つきだと思われているかもしれません、という。

「わが家の辺りでは、女性も元気なうちは働きます。　会社では人間関係がうまくいっていなかったのですが、他に働き口もないので長年、家計のために我慢していたのです。　嘘の上塗りになるのも嫌ですが、こんなことまで正直に他人に教えなけれ

ばいけないでしょうか。　私は嫌な人間ですか」

とある。

くり返し讀んだが、よく事情がわからない。家計のために会社勤めをしていたのか、いるのかがわからない。「嘘の上塗りになるのも嫌ですが」云々というけれど、会社勤めをしていることがこの辺では、「恥かしいこと」なのだろうか？　「嘘の上塗りになるのも嫌ですが」といっているけれど、なぜ嘘を（それもどんな嘘を）いってきたのか？　いくら讀んでもわからない。

字数に制限があるため、編集者が文章を無理やり縮めたのでこうなったのかもしれないが、これでは回答のしようがないではないかと思いながら回答を讀んだ。

「声をありがとうございます。『田舎の近所付き合いは憂鬱』ということですが、そういう一面もあるのかもしれませんね」

という丁寧な書き出しで穏やかに說く。

30

「現状は変えられないですし、人付き合いが苦手だとしてもどうしようもないので、気持ちが楽になるように、どこかに愚痴を言える場があるといいんですよね」

確かにそうだと私も思う。こういう場合は愚痴というより悪口を散々いえばいいのだ。いっていっていまくって、疲れ果てるまでいい募るとガックリ来て、（つまり登山の時のように）気が鎮る。私などそうして苦難の人生を生き抜いてきた。

悪口をいいまくるなんて、はしたないなどと思う必要はない。これは楽しむための悪口ではなく、元気をとり戻すため、心の活性化に必要な悪口なのだから、よろしいのである。

と、簡単にいうけれど、あるいはこの人には悪口を聞いてくれる相手がいないのかもしれない。

回答者の橘ジュン女史はいっておられる。

「カルチャーセンターなどで女友達をつくるのも難しいかもしれませんが、気分転

換のためにも、ご自身の趣味を生かして、その時間は没頭できるように、ちょっと離れた隣町あたりに出ていく機会をつくってはいかがですか？

地元だと気分転換になるどころか、知り合い同士のゴタゴタに巻き込まれたりして、余計に気がめいってしまいかねませんが、知らない人なら正直、気が楽です。

ちょうどいい距離感で、付き合えると思います」云々。

そして、「よくがんばってこられましたね。25年間、お疲れさまでした。これからは夫婦仲良く、そして一人の時間を楽しんでほしいなあと思います」と優しく犒（ねぎら）っておられる。

一讀（いちどく）して私は「たいへんですねえ。こういう質問に答えるのは……」としみじみ橘女史をねぎらいたくなった。私などはこういう相談に対してはもう何もいえない。無理にいうとしたら、「困ったねェ……」くらいしか。

32

「私は嫌な人間ですか？」

相談者は最後にそう訊いている。それに対してなら答えられる。

「嫌な人間ではありませんが、弱い人間です。あえてはっきりいうと気が小さいんです」

しかしこういう場合、すぐれた回答者はそんなあからさまないい方はせず、「あなたは優しいんです。優しすぎるんです」といって、相手の気持を傷つけない配慮をするだろう。だが私はこういう芸当が出来ないのだ。ズバリ、ハッキリ急所を突く。

「気が小さいからつまらん手合のいうことが気になるんです。そんな奴にははっきりいった方がいいんです。『私、そんな話はしたくないの』とね」

しかし、それが出来ないから苦しんでるんじゃないですか、と相談者はいいたいでしょう。ハッキリいえないのならせめて、いやアな顔、困った顔をして口ごもっ

てみせれば、そのうちだんだん相手はわかってきます。この人は立ち入った話はしたくない人なのだということが。人を理解しようとしないこういう無教養な手合は、あなたに対して親しみを持つのをやめます。　好奇心を満足させてくれないあなたとは付き合う楽しみがないから。

あなたは親しめない変り者として方々で悪くいわれるようになるだろうけれど、そんな手合に気に入られてそれがナンボのもんじゃい、と考えるようにすればいいのです。

でもあなたは気が小さいからそれが出来ない。　出来ないからイヤイヤながら嘘をついてごま化す。　それがあなたを苦しめる……。

この循環を裁（た）ち切るには、覚悟の実行力が必要です。　人はみな多かれ少かれ、自分の人生を自分なりに満足いくものに作るために目に見えぬ血を流しているのです。

当りさわりのない人生なんて、たとえ平穏であったとしてもぬるま湯の中で飲む気

34

の抜けたサイダーみたいなものです。

「佐藤さんのいうことはわかる。けれど私には出来ない。

多分、あなたはそう思うでしょう。そして「私ってダメな人間なんです」と付け

加えて悲しむ。

駄目だと思うのなら、その駄目さを駄目でなくすればいい。それだけのことだ。

いいたいことをいえばいい。いえなければノートに書くんです。ノートに向って思

うさまいいたいことをぶちまける。そうすれば淀んでいるものは発散して軽くなり

ます。

自分の弱さと戦う！

戦わないで嘆いているのは甘ったれだ！

――と、語るにつれて勝手にエキサイトしてきて、

「私にいえることはこれだけだ。あとは勝手にしろ、もう知らん！」

と投げ出す。相談者は怖くて慄えるばかり……。

私はとうてい、相談ごとの回答者にはなれっこないのである。

二つの誕生日

　私の誕生日は大正十二年十一月五日である。小学校入学以来、生年月日を記さなければならない場合には必ずそう書いてきた。赤ん坊には自分が生れた日が何日かはわからない。誰もが産んだ親のいうことを信じるだけである。

　そして十一月五日には誕生日のお赤飯を食べた。今のようにバースデーケーキに蠟燭を立てて吹き消して、おかしくもないのに笑い声を上げたりする時代ではない。赤飯なんてべつに好きではないが、赤飯には「めでたい」という意味が含まれているらしいので、うまくはなくても神妙に食べたのである。

　それだけのことだった。誕生日プレゼント？　そんなものはない。あったかも知

37　　二つの誕生日

れないが覚えていないところを見ると、そうたいしたものではなかったのだろう。

そんなことで誕生日は特別に嬉しい日というわけではなかったが、それでも十一月五日に生れたということは私にとって厳然たる事実だったのだ。

ところがだ。それはいつ頃のことかはっきりしないが、ある頃から公共機関に出す書類に書いた生年月日が違っているといわれて訂正させられることが多くなった。

相手のいう私の誕生の日は十一月二十五日だというのである。それを聞いて母は、

「産んだ私が十一月五日やというのやから、これくらい本当のことはない。役所のアンポンタンが何を馬鹿げたことをいう」

と怒ったので、私は相手方にその旨を伝えた。しかし相手は、

「それでも、戸籍には二十五日と記載されています」

と冷やかにいうばかりである。

「だって産んだ本人が五日といってるんです」

「しかし、出生届には二十五日となっています」

「いつからそうなってるんですか？」

と訊くと、

「いつからって、出生した時からでしょ！」

お前はアホか？　といわんばかりの顔つきだった。その頃（今から五十年ほど前）の公務員というのは、總じて公の権威をかさにきて横柄だった。税務署（これが一番ひどい）、役場、国鉄駅員に至るまで、みな笑ったら損という顔をしていた。その仏頂面通り、ものいいも切口上で「面倒くさい」が顔に貼りついている（常々上役に威張られているものだから、その鬱憤を客で晴らしているのだという説もあった）。

私は出生日の訂正の相談に役所に行き、

「一旦、戸籍に記載されたことは訂正は出来ません！」

39　　　二つの誕生日

イッパツで退けられて仕方なく心を決めた。こんな奴を相手にしてもしょうがない。生年月日を書く場合「大正十二年十一月二十五日」と書くことにしたのだ。たまにそれを忘れて「五日」と書いてしまい、慌てて五の上に二十を書き入れ、

「何ですか、これ？　書き損じた？　自分の生年月日をですかァ？」

と怪しまれることも何度かあったが。

ところで今、私の手もとに「高島祕傳開運之秘訣　十二支一代之運勢」という本がある。大正十四年に高島易断所總本部から出された古い本だ。十二支といえば俗にエトといい、あんたのエトは何？　寅です。やっぱりね、道理で強いわ。とか、あの人はああみえて執念深い、巳年だもの、などと私たちはよく座興の種にしてきたものである。だがこの本はもとより座興的なものではない。この十二支説は古代東洋の哲人が哲学的思索の果（はて）に創成したもので、人の生れた日によって、性質や運

40

勢を占い、人生に何らかの指針を与える本である。

その本によると私のエト、「大正十二年生れの亥年」についてこう書かれている。

亥の年は極りよろしく　大望も貫くほどの強き気性ぞ

後前見ずの気早にて　人に憎まれ損もするなり

なるほど、と私は頷き、「後前見ずの気早にて人に憎まれ損もするなり」は当っていると思う。人の性質、運勢は生れ年によってあらかたのことはわかるが、更に月日を見ればもっとよくわかる。　私は十一月五日生れ、の項を見た。と、こうある。

「十一月五日の生れは現金を持つことが出来ない性で、人から貸してくれと頼まれるとどんなに自分が困っていても貸してしまう。それでいて自分が困った時に人に頼むということが出来ず、よくよく損な性分である」

うーむ、これも当らずといえども遠からずだ、と私は感心し、ふとそんなら十一月二十五日生れはどうだろうと知りたくなった。　同じ亥年生れでも生れ年の十干の

41　二つの誕生日

違いによって性格と運勢には違いがあるというからだ。

「常に希望、抱負に充満している人だが、計画ばかり考えて実践を忘れる欠点があ
る。この年生れの人は金銭的に困るということのない運を持ち貯蓄心も強いので金
銭的には安定した生活を送ることが出来る」

要点を抜粋するとこういうことになる。やはり五日と二十五日とではこれだけの
違いがあるのだ。　片方は「よくよく損な性分」で片方は「夢ばかり見て実行しな
い」くせに、「金には困らない」運があるらしい。この差を見ただけで、十一月五
日生れというのが正しいことが実証されるのである。

私のもとには讀者（どくしゃ）の女性からよくこんな手紙がくる。

「佐藤さんのように強く生きたいです。コツを教えて下さい」

コツ？　そんなものあるかい。　私はこの髙島秘傳開運之秘訣の中で、こういって
戒（いまし）められているのである。

42

亥年は勇猪、遊猪、疲猪、出猪、荒猪（暴れ猪）の五つに分れ、十一月五日生れの私は暴れ猪に相当する。それほど乱暴な性分で、「無茶苦茶な行動や常識外れの発言は一種の狂気の如くお調子者の如く、人気もあれば憎まれもする。正直で曲ったことを嫌い嘘のない人である。が、強情短気で一度（ひとたび）怒（いかり）心頭に発せばいかなるものも恐れず突進する。短気を慎しみ親睦心を養えば人望を得て幸福に一代を過ごせる」とある。

「強く生きるコツ」とはこういうことなのですよ。まず『暴れ猪』になることが必要なのです。人に迷惑をかけ、呆（あき）れられたり怒らせたり憎まれたり、それにもめげずに突進する。強く生きるとは満身創痍（そうい）になることです。だから強く生きるなんてことは考えない方がいい。

佐藤愛子を『人生の反面教師』として参考にするのなら、別ですが……。

私はそうお答えしたい。

ソバプンの話

医療大学で学んでいる二十代女性が、同級生の男子学生があまりに不潔なのに困り果て、讀賣（よみうり）新聞の人生案内に相談を投稿しているのを讀（よ）んだ。

「彼は２週間以上も同じ服を着続けています。このため、教室ではみんな避けて座ります。入浴もしていないようで、強烈な臭いを放っています。この彼と、実習で同じ班になってしまいました。マスクをしても臭いは防げず、触診の課題では彼に触れなければなりません。頭や肩にはふけが大量についています。耐えられません。実際に体調が悪くなったこともあります」

彼女は思い余って学生課に相談したが何も解決されず、直接注意するのは怖くて

出来ない。今後新たに実習班が組み直されることになったので、万一同じ班になっ
たら一年間、一緒に行動しなければならないのだ。

「そのことを考えると、不安で夜も眠れません。このままでは大学に通えなくなり
そうです」

と相談は結ばれている。

讀み終えて私は思わず笑った。私が女学生時代、近くの男子校に通っていた今は
亡き遠藤周作氏は「ソバプン」という渾名だったことを思い出したからだ。そばに
行くとプンと臭うので「ソバプン」である。私はそのことを周作さんの同級生だっ
た人から聞いたのだが、周作さんに確かめると否定も肯定もせず、

「けどあいつも相当のソバプンやったで」

といった。ソバプンはそばにいる人にはわかるが、当人にはわからないものなの
かもしれない。当時の中学生はみな丸刈りだったからフケはなかっただろうが、垢

は相当積っていただろう。学生は軍事教練など厳しい屋外訓練に明け暮れていたから、汗と垢にまみれているのにお風呂にも入らず、顔はニキビの花盛り、石鹸を使うとニキビに悪いので顔は洗わず、もしかしたら歯も磨かなかったのではなかったか。だとすると、昔はみんなソバプンだったので、ソバプン同士、特別に問題はなかったのかもしれない。

それにしても、この相談者はなぜハッキリとこの大ソバプンに向かって、いいたいことをいわないのだろう？　私にはそれが不思議だ。

「直接注意するのは、怖くてできません」

と彼女は書いている。

ソバプンの何が怖い！

マスクをしても臭いは防げず、実際に体調が悪くなったこともあるという。そん

46

な状態まで落ち込んでいるのに、何もいえず学生課に相談したり新聞に投稿して回答を待つというような手の込んだことをするなんて、そういう人は「気弱」なんてものじゃない、私にいわせれば「怠け者」だ。

ふりかかった不幸災難は、自分の力でふり払うのが人生修行というものだ。ソバプンと闘うのも修行の一つである。したくないこと、出来そうもないと思うことでも、力をふり絞ってブチ当れば人間力というものが養われて行く。

私はそう考えるのだが、さて、回答者の山田昌弘先生は何といわれるのかと先を読むと、こういわれている。

「学生が、平穏な環境で学ぶことを保障するのは、やはり、大学の責任です。（中略）担任の先生に、必ず複数の学生で相談に行くことをお勧めします。（中略）受忍限度を超えていて、このままでは学習意欲を損なう、本人のためにもならないと言って、担任の先生から強力に指導してもらうように、訴えて下さい。特に、医療

47　ソバプンの話

系の大学ということですから、実習などで、学外の人々に迷惑をかける可能性があることを強調して下さい。大学としても、評判に関わることですから、なんらかの対応をしてくれるはずです」

これはエライ世の中になったものだ。

たかがソバプン一人で「大学の評判に関わる」とは！

「なんらかの対応」をせよという方はらくだが、それをしなければならない担任の先生はたいへんだ。

私なんぞの学生時代の先生は「先生」という権威を与えられていたから、強かった。

「オイッ！　お前、臭いぞ！　改めろ！」

の一言ですんだ。声に迫力があるから、言葉は短かくてもよかった。しかし平等

48

時代の今の先生には権威なんぞカケラも与えられていないから、すべてに弱腰であ
る。

「実はね、君は臭いといって皆が困っているんだ。教室は共同の場であるから、他
の者の気持も考えなければならないんじゃないか？　君は風呂へは毎日入ってる
の？　頭は洗ってるのかい？　歯は磨いてる？　歯磨き粉をつけてる？　自分で自
分自身を臭いと思ったことは？……ある？……ない？……」

といわでもの言葉をだらだらと連ねるが、ソバプンはおし黙ったまま。

「いやネ、ぼくだってなにも、生徒の臭いについてまでとやかくいいたくはないん
だよ。常々人それぞれ自由を尊重するべきと考えているんだ。しかし、ぼくのとこ
ろへ訴えてきた女子がいるものでね。一応、担任として君に訊(き)いているわけなんだ
が……単刀直入に聞くが、君に反省する点ってあると思うかね？……（ソバプン無
言）困ったなァ……（ソバプン無言）困ったよゥ、うーん、どうすればいいか、君、

49　ソバプンの話

「考えてくれないか」

ついに懇願する。

このあたりは私の想像であるが、こうして書いているうちに、なんだか面白くなってきて、だんだんに興が乗り、その大ソバプンに会いたくなってきた。ソバプンとして他人を苦しめているのに、自分は何も感じず泰然としているなんて、もしかしたら大人物かもしれない。何十年か後にはこの国を背負う指導者となって、韓国の意地悪や中国の野心などに悠然と立ち向う頼もしい存在として、ソバプンの名を轟すかもしれない。

思えば遠藤ソバプンだって、世界に名を知られる大作家になったのだもの。

我ながら不気味な話

世田谷区の古い住宅地に住みついて、もう六十年になる。その頃からこのあたりは車の通らない静かな一劃だったが、時折子供が泣き声を上げながら通って行ったり、ピアノの練習曲の、同じ所のくり返しが塀際の植込みの向うから流れてきたり、冬の夜は、「焼きいもォ　焼きいもォ」の呼び声が聞える時があったり、ひと頃は拍子木の音と「火の用心！」の声が通って行くこともあった。そうした声やもの音は、平和な日常の彩りとしてなかなか好もしいものだった。

その頃私はくる日もくる日も深夜を過ぎても机に向って原稿を書くという生活をしていたが、周りが寝鎮った夜更に遠く犬の吠え声が聞えてくると、懐かしいよ

うな、ほっとするような、しみじみと優しい気持になったものだった。

どこかで一匹が吠え出すと、それに呼応するように別の犬が吠える。すると、それに誘われてか、負けん気からかはよくわからないが、方々の犬が吠え出して、これはもしかしたら火でも出ているのではないか、怪しい者がうろついているのではないかと、寝ていた人も起き出してカラカラと雨戸を開ける音や人声などが聞えてきて静かな夜がいっ時、ざわめく。

「犬が吠えても叱ってはいけない。犬は犬なりに一所懸命に職分を果しているのだからね」

などと人々はいい、その頃は犬にも「職分」が与えられているのだった。よく吠える犬は「いい犬」で吠えない犬は「ダメ犬」としてバカにされた。犬の方もそれを承知してか、人の足音や気配に敏感に反応して、ここぞとばかりに吠え立てて空巣（す）を撃退したりした。ひとしきり吠えた後、

52

「どうです!?」

といわんばかりに誇らしげに飼主を見上げれば、

「よしよし、えらいえらい」

と飼主はその労を犒った。犬の声がうるさいと怒る人などいなかった。

だがこの頃、犬のその職分はなくなった。吠える犬はうるさいと近所から文句が来るので、飼主から叱られる。犬は頭にリボンをつけて、吠えないように訓練されてチョロチョロしているのが「可愛い」といってもてはやされる。眞剣に職分を果したい犬の方は、励めば励むほどうるさい、バカモンと邪慳にされる。悲しく憤ろしい思いを抱えて、リボンのチョロチョロ犬を嚙み殺してやりたいと思っている。しかし、もしかしたらチョロチョロ犬の方だって、思う存分、心ゆくまで吠え立てたい時があるだろう。それは犬の本能だから。

53　　我ながら不気味な話

チョロチョロ犬の中にも本能に誘われて思わず吠え立てたりすることがあるだろ

うが、悲しいことにはその吠え声は、

「ウオーン、ワンッ、ワンッ、ウオーン」

というような響きのいい朗々たる声ではなく、

「キャーン、キャン、キャン」

とけたたましい金切声(かなきり)のようになってしまう。

「なんだ、その声は!　それでも犬か!　恥じろ!」

と職分犬は軽蔑するが、しかしチョロチョロ犬は飼主に抱かれて、

「あら、チョロちゃん、吠えたのネ、可愛い声で……」

と頬ずりしてもらっている。それは職分犬にとっては何とも胸クソ悪い光景にち

がいない。私も同じ思いである。

54

犬の吠え声だけではない。子供が叫んだり泣いたり歌ったり、力いっぱい騒ぐ声も私は好きだ。そのあたりかまわぬ甲高い声には、未来に向って駆け上って行く勢（いきお）いがある。　無垢（むく）なエネルギーが躍動しているではないか。幼稚園の近くを通っていると、そんな声が聞えて来て、私はいつか笑みがこぼれている。

だがその天使の合唱をうるさいといって怒る人がいるのだ。　保育園の隣りに住んでいる老人が、うるさくて昼寝も出来ず病気になりそうだと文句をいいに行ったという話を聞いた。今朝の新聞には保育園が新設されるというので反対運動が起きたことが報じられている。

街を走る車はいつからかクラクションを鳴らさなくなっている。チリンチリンは自転車の代名詞だったが、今は忍者のように現れる。かつては小学校の下校時、校門を出て来る男の子たちは元気イッパイに走り出し、喧嘩をしたり喚（わめ）いたり泣いたり、女の子はペチャクチャおしゃべりしながら賑やかに帰ったものである。それが

今は心配ごとでも抱えているかのように静かだ。シュクシュクと歩いている。

騒音は生活が平和で豊かで活気が満ちていてこそ生れる音である。戦争体験者である私は、空襲警報が鳴り響き、町は死んだように鎮り返った怖ろしい静寂を知っている。犬の吠え声もなかったのは、食糧欠乏のために犬を飼う人がいなくなったためだった。「赤犬は食えます」などという人がいたりして、犬もオチオチ吠えてはいられなかった。

町の音はいろいろ入り混っている方がいい。うるさいくらいの方がいい。それは我々の生活に活気がある証拠だからだ。それに文句をいう人が増えてきているというのは、この国が衰弱に向う前兆のような気がする。

時々買物に行くスーパーマーケットは、いつも静かである。客は黙々と商品の間を歩き、黙々と品物を籠に入れる。そして黙々とカウンターに籠をさし出す。カウ

56

ンターには「ＮＯ　レジ袋」と書いたカードが用意されていて、レジ袋が不用な客はそれを籠に入れておくという仕組みになっている。レジ係は籠を引き寄せ、黙々と計算機を操作して会計額を出し、「ＮＯ　レジ袋」が見当らない時は籠にレジ袋をほうりこむ。あくまでも「黙々と」である。客の方も黙々と金を支払い、籠の中身をレジ袋に詰めて黙々と出て行く。なぜ、

「レジ袋はいりません」

と声に出してはいけないのだろう。

いったいそれは何に対して声を出すことを憚（はばか）っているのだろう？　何者がそう決めたのだろう。それを不思議とも思わず黙々と従っている人たちの不思議。しかしそう思いながら、同じように従っている私の不気味。

過ぎたるは及ばざるが如し

子供の頃から私は自宅以外の便所に入ることが出来なかった。昔の便所はとても「トイレ」などという清潔感のある言葉ではいえないような陰湿な場所で、床に穿たれた楕円形の穴を跨いでしゃがんで用を足す。穴の遥か下に便壺が埋め込まれていて、そこには糞尿がいやらしくドロドロと溜っているのが見えた。

そのドロドロの中から毛むくじゃらの腕がヌウと出て来てお尻を撫でる、というような話を私は四つ年上の姉から聞かされて、キャアと叫んで本気で泣いた。夜など便所へ行くことが出来なくて、こっそり庭でおシッコをしたりしたものだ。

それからもう一つ、便所へ入れないわけがある。小学校へ上って間もなく、おそ

58

るおそる入った学校の便所で、戸が開かなくなったのだ。その頃の共同便所の戸の取手は丸い真鍮の玉だった。それを右や左にひねって開け閉めするのだが、なぜか壊れていることが多かった。閉めたつもりが閉まらなかったり、開けようとしたら開かない。ガチャガチャ廻しているうちにひょこっと開いたりする。それが怖くて私はいつも戸をきちんと閉めずに一センチくらいの隙間を作って用を足していたのだが、その時は便所が満員で行列が出来ているほどだったので、仕方なくきちんと閉めた。

隙間を作らずに閉めたということだけで私はもう心臓がドキドキしている。ドキドキしながら用を足してさて戸を開けようとすると、取手の玉はガチャガチャいうばかりで開かない。何をしても開かない。私は逆上してつい、

「助けてェ……」

と叫んだ。

59　　過ぎたるは及ばざるが如し

「はる子ちゃん、開けてェ……」

はる子ちゃんというのは一緒に便所に来た同級生である。金切声（かなきり）で叫んだら、戸は嘘のようにスッと開いた。外からはる子ちゃんが開けてくれたのだ。

「なんや、開くやん」

とはる子ちゃんはいった。行列を作っている連中がゲラゲラ笑う中を私は恥辱にまみれて走り出たのである。後ろで、

「はる子ちゃーん、開けてェ……」

と私の口真似をする声が聞えていた。

その経験が私を便所嫌いにしたのだ。どんなことがあっても、うちの便所以外の便所にはゼッタイ、ゼッタイ入らない、と固く覚悟を決めた。その覚悟のために私の膀胱（ぼうこう）は大量の尿量に耐えられるように伸びて大きくなってしまったのだろうか。

60

二、三時間はおろか五時間、六時間、排泄せずに平気でいられるようになったのである。もうこの頃は、あんな開かなくなるような取手はなくなっているのだから大丈夫、といくらいわれても外では決して便所に行かない。新幹線や飛行機の便所がどんなふうになっているのか、いまだに一度も入ったことがないのでわからないのだ。

　私がそんなふうに頑張っている間に、我が国の便所文化はどんどん進化して、跨がり式が腰かけ式になり、ドアのノブは自在に開閉出来る簡単なものになった。自宅以外の便所でも（いや、もう「便所」とはいわない。「トイレ」という）安心して使用出来るようになった。さすがの私も年老いたせいか長年の主義を変える必要に迫られ（膀胱がしなびてかつての活力を失ったか）ホテルやデパートなどでトイレを利用するようになったのである。

ある日のことだ。私は三越のトイレに入った。用をすませて、水を流そうとしたら、どこにもハンドルらしきものがない。ハンドルの代りの押しボタンでもあるかと探したがない。水洗式のはじめの頃は水槽が天井近くにあってそこから垂れている鎖を引っぱると水が出た。それを思い出しながら天井を見上げたがそれらしいものはない。天井式の後、水洗便所はハンドル式になり、足でペダルを踏むものからボタンを押すもの、手の絵があって手品式とでもいうか、この頃は立ち上ると勝手に水が出てくるという。あれかこれかと想いを廻らせるが、これと思えるものは何も見つからず、出るものなどと変遷し、

——なんだってこうわけのわからんものを作るのだ！

怒りがこみ上げた。これが「文化の進歩」のつもりなのか。次から次から妙なものを考え出して独りでエッに入っているのはやめろ、使う方の身になってみよ、

……怒りに駆られてこのままトイレを出てしまおうと思った。しかし、便座の奥に

62

溜っている私のおシッコはどうする！

その時私の怒りに燃える目がドアの近くにぶら下っている紐を見つけた。瞬間頭に浮かんだのは例の、初期の天井式水洗だ。鎖を引けば水が出てくるアレだ。見たところ水槽はどこにもない。しかしそれは天井の内側に入っているのかもしれない。

私はエイと紐を引っぱった。

とたんに耳をつんざくベルの音。水が出るどころじゃない。うろうろする間もなくトイレのドアがノックされ、

「お客さま……お客さま……どうなさいました？……」

女店員の金切声。その紐は緊急時に助けを呼ぶ警報装置だったのだ。

以来、三越へ行くことはあってもトイレには入らない。だから三越の水洗の仕組みはどうなっているのか、いまだに知らない。

63　　過ぎたるは及ばざるが如し

今、気がついたことだが、私が残したおシッコは、どうなった？

誰が流したのだろう？

子供のキモチは

今から十一年前、こういう出来事があった。

愛媛県今治市の小学校で、六年生の男子がサッカーボールを蹴っていたところ、ボールが校門の扉を越えて、丁度オートバイで走って来た老人に当りそうになった。老人はそれをよけようとして転倒し、足を骨折し入院。それから一年四か月後に肺炎で死亡した。

すると老人の遺族は少年の両親に五千万円の賠償を求めて提訴した。少年の両親が監督義務を怠ったという理由である。それに対する判決は一審二審共に両親の監督責任を認め一審千五百万、二審千百八十万円の賠償を命じた。

何ともおかしな話である。少年は校庭でサッカーをしていた。道端や公園でしていたわけではない。サッカーは手を使わずボールを蹴るスポーツであるから、当然のことをしていたわけだ。それがなぜ親の「監督不行届き」になるのだろう？　親は子供が学校にいる間もその行動を監督しなければならないのか？　ボールを蹴る時は校門の外に出ないように、やさしく蹴るようにと教えなければいけないというのか？

老人は転倒して骨折したが、それが原因で死亡したのではない。亡くなったのはそれから一年半も経ってからで、しかも肺炎で亡くなっている。足の骨を折ったのがもとで肺炎を引き起すという話は世界中、聞いたことがない。

我が国には昔から「運が悪かった」という言葉があり、不慮の災厄に遭った時など、この言葉を使って諦めて耐えるという「知恵」を誰もが持っていた。人の世は決して平坦な道ではないということを皆が知っていた。知っているからこそ親は子

66

に耐えることや諦めることを教えた。耐え難きを耐え許し難きを許すこと、それは最高の美徳だった。自分がこうむったマイナスを、相手を追い詰めて補塡（つまり金銭で）させようとすることは卑しいことだった。かつての日本人は「不幸」に対して謙虚だった。悪意のない事故も悪意のある事故もゴチャマゼにしてモトを取ろうとするガリガリ亡者はいなかった。今はそのガリガリ亡者の味方を司法がしている。

東日本大震災の際、ある幼稚園の園長が園児を送り帰すべきか、このまま幼稚園に止めて様子を見ることにするかの岐路に立たされ、帰宅させることを決断して送迎バスで出発させたのが裏目に出て、園児のバスは津波に呑み込まれたという傷ましい事件があった。その後園児の親たちが幼稚園長などの責任を問うて約二億六千七百万円の賠償を求めて提訴をし、一審では園長に一億七千万円余りの賠償命令が

下りた。そういう話もある（二審で和解が成立）。地震と共に津波が押し寄せて来たという絶体絶命の危機に下した判断が裏目に出たことの、どこに園長の落度があるというのだろう。

司法は人間性を失った。

情を捨て、観念のバケモノになった。

何でもかでも理非を問わず被害をこうむった立場の味方をするべしという規約でもあるのですかと問いたいくらいだ。小学校四年の男子が投げたボールが逸れて、別の小学生の胸に当って死亡した。それに対して仙台地裁は少年の親に六千万円の賠償を命じたという話もある。

これではうっかりボールも蹴れない。投げられない。走れば誰かと衝突するかもしれないから走らない。かつては子供に喧嘩はつきものだった。喧嘩によって少年は成長期の鬱積するエネルギーの毒を発散した。そして未来に向って強く生きて行

くための基礎を身につけたといえる。だが今は何よりも暴力は否定される時代だから、喧嘩は出来ない。自殺であれば誰からも賠償を求められる心配もないからと、悲しくも賢く考えるのかもしれない。

その一方で「子供の気持をわかろう」とか「子供の主体性を認めよう」とか「子供をのびのび育てよう」などというしたり顔の教育論が氾濫している。のびのびとボールを蹴ったらこのさわぎである。

しかしこの春、事件から十一年を経て、事件は漸く最高裁によって正しい判決が下された。

「危険がない遊びなどで偶然起きた事故なら責任は免れる」という初判断が示されたのである。この国の司法にもまだ良識が生き残っていた

69　子供のキモチは

のだ、と私の胸のつかえは一応下りた。十一年ぶりで少年の家庭から暗雲が去ったのである。

しかし十一年とはあまりに長い年月だ。六年生だった少年は二十二、三になっている。その長い思春期を彼はどんな思いで過したのだろう。彼は楽しくボールを蹴っただけだ。それ以外にどんな悪いことをしたのか……。その思いはさぞかし彼の胸にこびりついたことだろう。両親に対してすまないという辛い気持も弁償金の高額さと共に抱え込んでいたに違いない。それらの思い、怒り、口惜しさ、ボールなんか蹴らなければよかったという無駄な後悔、そんな意識と共に彼は十一年の歳月に耐えなければならなかったのだ。

彼は晴れて無罪になった。

だからめでたいといってすませていいのか。

「可哀そうに。この経験がトラウマにならなければいいけどねェ」

70

という人がいた。確かに私もそう思うけれど、本人にとっては、その同情、「可哀そう」という言葉はただ空しいだけだろうなあと思う。

無罪報道の後で讀賣新聞はこんな「識者のコメント」を掲載している。

「この年齢の男児のキック力や精度を考えれば、ボールが門扉やフェンスを越えることは考えられたはずだ。学校側がゴール裏にネットを張ったり、ゴールを道路側ではない所に置いたりしていれば、ボールが外に飛び出すことを防げたかもしれない」

そこで学校はゴールの位置を動かすなどし、教育委員会は「今後も学校施設の安全管理を徹底して行ってまいりたい」と語ったという。

ナニが「行ってまいりたい」だ。そんなことはどうだっていい。そんなことより、少年の心のうちを考えるべきだ。損得よりも寛容な心を持つ人間が増えさえすれば起る問題ではないのである。

71　子供のキモチは

心配性の述懐

　今日は遠い昔のことをしみじみと思い出した。私が子供の頃（昭和の初め）はど
この母親もみな心配性だったことを。子供が遊びに出て日が暮れても帰って来ない
とひどく心配し、心配のあまり怒り出しさえした。それが怖くて私たち子供は、日
暮前に必ず家へ帰ったものだ。

　遊びに出る時、おとなたちは決ってこういった。

「電気が点（とも）ったら帰って来るのやで」

　その頃、電力会社からの送電は昼間は停止されていて、夕方の五時（夏は六時）
になると漸く（ようやく）送電されて電燈がつくのであった。表で遊んでいると家々の軒燈が一

72

斉に点る。それを見ると子供たちは急いで家へ帰ったものだ。

日が暮れているのにまだ外にいる子供がいると、通りかかった見知らぬおとなが声をかけた。

「早う帰らにゃお母はんに叱られるで」

そんなことを思い出したのは、大阪の寝屋川市で中学一年の少年少女がわけもなく殺害されるというむごたらしい事件を知ったからである。初めのうちテレビは、深夜の商店街を行きつ戻りつしている少年と少女の姿を捉えた防犯カメラの映像を頻りに流していた。そしてその説明をこう述べていた。

その夜九時頃、少年は少女からのラインを受け取り、少女の家へ遊びに行くといって家を出た。

そしてその後二人が商店街を行きつ戻りつしている姿が防犯カメラに映っている

73　心配性の述懐

ことがわかったのである。説明を聞いた途端に思わず私はいった。

「——夜の九時に、中学一年生が遊びに出るとは……」

私などの年代の者には考えられないことである。私の子供の頃は日が暮れた後は子供は家にいるものと決っていた。夜になって町をうろついていては不良と謗られ、いったい親はどういう親か、と怪しまれたものだ。

だが今はそんなことは珍らしくも何ともないらしい。私があまりに驚くのを見て、娘はいった。塾へ勉強に行っている子供は、九時十時に夜道を帰って来るのだ、と。親の方だって勤め先の都合で深夜に帰ることもある。昔の子供と違って今の子供は自立している。親がいなくてもコンビニで自分の夕食を買って食べるだけの才覚があるのだ。お母さんが帰らないようといって泣く子供なんか今は一人もいない。時代が違うのよ、時代が……。

そういわれればそうかもしれないと思いはするが、しかし、だからといって親は

74

心配しないでいられるものだろうか。私のようにガムシャラに、怖いもの知らずに生きて来た者でも、娘を育てる時は心配ばかりしていたのだもの。

確かにそうだった、心配されるのがうるさかった、と娘はいった。

「夜、タバコを買いに行くのに、パパのステッキを持って行かされたんだもの……」

「パパのステッキ」とは別れた夫が忘れて行ったもので、頗る頑丈に出来ていた。萬一の場合、それを振り廻して身を守れ、というのが私の親心である。

「だから私は夜出かける時は必ずステッキを持っているので、ヘンな目で見られたのよ」

娘はいった。

「私って、なんて素直な子供だったんだろう……」

書いているうちに思い出したことがある。学校友達の古い友人、Y子の話だ。彼女が娘時代のことだ。一人で夜道を歩いていると、後ろから追いかけて来るような足音が迫って来た。怖くなって急ぎ足になると向うも同じ足どりになる。切羽詰って必死の頭に浮かんだのが、危急の際の対策としておばあちゃんから教えられていたことだ。それは櫛を口にくわえ、追って来る者に向き直って、「イヒヒヒ」と笑うことだった。女は非力であるから、男の力に負ける。だから頭を働かせよ、というのがおばあちゃんの教えだったのだ。しかしおばあちゃんの時代は女が髪を結い上げていた時代であるから、日常、髪に櫛をさしている。口にくわえることは造作なく出来る。昭和の娘であるY子は櫛など持っていない。切羽詰ったY子は手提袋をかき廻し、財布をくわえてイヒヒヒとやった。つけて来た男はそれをチラと見るなり眞直前に目を据えて、まっしぐらに歩いて行ったということであった。

Y子はその話を折にふれ二人の娘さんにした。しかし娘さん二人は、冗談も休み

休みいってよ、と怒り、だいたいその男は果して悪者だったのか、ただ同じ道を急いで歩いていただけだったのか、わからないではないか、とバカにした。

私もそれに同感だが、しかし親として「心配でたまらない」気持はよくわかる。

昔の道は怖かった。街は眞暗で、自分の足音すら怖かった。夜道を歩く娘の帰りを家で待っている親の心配は限りなく、「ただいま」の声でほっと生き返ったような気持になったものだ。その心配は子供にしてみればうるさくてたまらない。うるさいうるさいと思いながら、しかしそれはいつか子供の心に染み込んで、あんなに心配するのだから、心配をかけないようにしなければならないという思いが、ブレーキの役目を果したといえるかもしれない。

現代の街の夜はいつまでも明るい。コンビニは深夜まで営業している。今の子供は小遣いに不自由していない。ガラケーとかスマホとかは必ず持っていて、ことが

あればすぐに連絡出来る。いざとなればパトカーが走って来るし救急車も飛んで来る。子供は自立している。何の心配もない。だから夜の九時に子供が遊びに出ることを止める親はいない。深夜子供がうろうろしているのを見かけても、心配する人はいない。

深夜になってから少年は友達に「泊めてほしい」というラインを送った。だが友達は断った。親に相談して断ったのか、自分の一存でしたのかはわからないが、中学一年の友達が深夜になって泊めてくれといってきたことを、何ごとかと心配する気持はなかったらしい。心配すれば親に相談し、親は直ちに少年の親に連絡を入れる筈である。もしそうしていれば二人が殺されることもなかったであろう。

といってその人たちが悪いというのではない。「心配」の量と質は現代に至って半減した。人の情が文明の進歩と共に変質するのは自然の成り行きだと考えるべきかもしれない。しかしその変質を「進歩」と呼ぶべきかどうか、私は迷う。

妄想作家

一九六九年七月二十日はアメリカの宇宙探査機アポロ11号が、月面に着陸した日である。

その前日の七月十九日、私は親友川上宗薫が入院している虎の門病院の分院へ見舞いに行った。その頃はどこもかしこも畑ばかりで、私はすっかり道に迷ってしまった。畑や草っ原の連らなりをやみくもに歩いているうちに陽は傾き、心細いような夕の空に灯を点したばかりの病院が浮き出た情景が鮮明に思い出される。それ以外の景色は何も思い出せない。なにしろ五十年近い昔の話だ。

やっとの思いで病院の入院病棟へ入っていくと、正面のナースステーションにガ

ーゼの寝巻を着た川上さんが、電話を片手にこっちを見て、いきなり、

「おい、何やってんだ。取ったぞ、直木賞！」

と叫んだ。

「エーッ」

といったまま私は絶句した。私の作品「戦いすんで日が暮れて」が直木賞の候補に上っていることは知っていたが、受賞するもヘチマもない、私の家は夫の経営している会社が倒産して、私は借金取りとの応戦に日々追われていて、直木賞のことなど考える暇などなかったのだ。「戦いすんで日が暮れて」は講談社から出版された本だが、講談社からも何の連絡（期待とか激励とか）もなく、誰一人、佐藤愛子と直木賞を結びつけて考える人などいなかったのだ。

川上さんは文藝春秋社の人が既に川上さんの病室に来ていて、私が来るのを待っているという。文春からの受賞の電話を受けた私の母が、娘は川上さんの入院先に

80

いるだろうと答えたからである。そこで私は「直木賞をお受けいただけますか」と丁重に訊かれた。受けるか受けないかを答えねばならないのだった。

思わず私は困惑し、助けを求めるように川上さんに向っていった。

「どうしよう？」

ただでさえ借金攻防戦に明け暮れている折からである。この戦いの上に直木賞など貰えば、マスメディアに巻き込まれてどんなことになることか……。川上さんはベッドの上で暫く考えてからいった。

「しかし、ゼニは入るぞ」

ゼニ……。

その一言は私を貫いた。その一言に私は我を忘れた。気がつくと、

「お受けします」

といっていた。

受けたからには記者会見というものに臨まなければならないのだった。その場から私は新橋第一ホテルの会見場へ運ばれた。そこでの様子は何も憶えていない。ただ人がゴタゴタいたこと。椅子に坐っている私の周りに何人かの新聞記者がいて、形ばかりの質問をし私は簡単に答えた。それだけだった。芥川賞の受賞者庄司薫さんや田久保英夫さんの会見も同じ部屋だったのかどうかもわからない。とにかくガヤガヤ雑然としている中での片隅のことでお茶が出たかどうかもわからないほどだった。この頃の受賞の光景をテレビで見ると、そのチガイにしみじみと時代の移り変りを思わせられる。これをめでたい進歩といっていいのかどうかは私にはわからないが。

間もなく私はホテルを出た。星野さんという文春の担当編集者と一緒である。新橋の駅に向ってビルの間を歩きながら、ふと見上げるとビルの上にまるで絵に描い

82

たようなまん丸い黄色い月が浮かんでいた。それを見て私はアポロ11号のことを思い出して星野さんにいった。

「星野さん、あのお月さまに向って今、アポロは飛んでるのね」

星野さんは誘われて月を見上げ、

「そうですね。うーん、感慨無量だなぁ」

といった。

そして私たちは駅の前で別れ、私は地下鉄に乗って帰ったのである。

これは折にふれ思い出され、人に語ってはその都度記憶が鮮明さを増して私の脳裡に焼きつけられてきた光景である。直木賞の時節になると思い出話などを求められることが多いので、その度に私はこの話をしてきた。ところがである。この話にイチャモンがつけられたのだ。ある雑誌のインタビュ

妄想作家

アーからこういわれた。

「先日のお話ですが……あの満月を見上げながらアポロに思いを馳せたというところ……」

彼は気の毒そうにいった。

「調べたところ、一九六九年七月十九日は満月ではなかったんです」

「へえ？」

と私はいった。どういうことですか？

「月齢カレンダーで調べましたところ、その日は夕月だったんです。つまり三か月です」

「調べたって？　どういうことです？」

何をいっているのかわけがわからない。

「データがあるんです。月の周期で計算して行くと、過去のすべての日の月の満ち

84

欠けがわかるんです……」

そのデータで四十五年前の七月十九日は三か月だったことがわかったというのだった。

しかし私はこの目で見たのだ。

あのまん丸の大きな月、ビルの上に懸っていた黄色いお月さまを。今でも私の瞼の裏にはまざまざとその月が懸っている。星野さん、見てごらん、と私はいったのだ。あのお月さまに向って今、アポロは飛んでいるのね……。

月が見事にまん丸だったからこそ、私はアポロを思い出したのだ……。

「はァ……しかし、このデータは絶対間違いありません。天文学が証明しているんですから」

あれは何だったのだ。

夢かまことか幻か。はたまた狐狸のしわざか。気が触れたか。勝手に作り出した

夢想だったのか。

唯一人の証人は星野さんだ。星野さんもあの月を見ている筈だ。私と会話を交わしたのだもの。だが今は星野さんの消息はわからない。

わかったとしても敵は天文科学ということであれば、もうジタバタしても始まらない。私の負けだ。

しかしあの光景は四十五年間、今も私の脳裡に焼きついている。ふしぎなんてものじゃない。呆気にとられてもう何もいえない。すべては妄想だったのか？　だとしたらその妄想はいつの時点でなぜ生れたのだろう？　我がことながらゾッとする。

妄想の力で私は作家になれたのか？

読者の皆さん。これからは私のいうこと書くことアタマから信じないでただ面白がって下さい。もう、そうとでもいうよりしようがないのである。

86

蜂のキモチ

　八月の初めからここ北海道浦河町の山荘で夏を過している。ここは山の中腹の一軒家で南に太平洋、目の下には牧草地や放牧場が広がり、暮しはそう便利とはいえないが、気分は頗る爽やかで暢気である。

　ここへ来て十日目に町長さんの訪問を受けた。居間でとりとめもなく話すうちに、町長さんのお供の、何トカ課の主任さんが、おや、すずめ蜂が飛んでいますね、といった。見るとガラス戸の外を数匹の蜂が行き来している。どこかに巣があるにちがいないということになって、テラスに出てみると、軒下に巣があった。さほど大きくはないが、（直径十三、四センチか）まさしくすずめ蜂の巣である。三、四年

前にも同じ所に巣が作られたが、私の留守中のことであったので、留守宅を見廻っ
てくれている人が見つけて除去してくれたという話を聞いたことを思い出した。蜂
は何度やられても同じ場所に巣を作るものらしい。

翌日、役場から駆除係の男性が来て、造作なく巣は取り去られた。あたりを飛び
廻る蜂も一匹残らず虫捕り網で掬い取られた。簡単にことは落着したのである。

夜になって外出していた娘が帰って来た。玄関の上り框を上った途端に、

「キャー……イタイ！」

という叫び声が上り、血相を変えた娘が居間に入って来た。スリッパを履いたそ
の瞬間、足の甲に激痛が走ったという。スリッパの中に潜んでいたすずめ蜂が刺し
たのだ。足の甲が赤く腫れ上っている。

すずめ蜂はナミの蜂とは違い、猛毒を持っていて、刺されて死んだ人も珍らしく

ないということは聞いて知っている。娘は悲壮な顔で、

「もし心臓がおかしくなったら救急車を呼んでね……」

という。とりあえず毒を絞り出そうと押しまくり、絞り出せたかどうかはよくわからないけれど、氷で冷やした。とっさに娘が打ち殺したのか、縮まってコロコロになった蜂の死骸を団扇に乗せて仔細に眺める。眺めたところでどうということはないのだが、インターネットで調べると、リンデロン軟膏を塗れとあるので、それを塗りたくる（たまたま薬箱にあったリンデロンはよく見ると、「眼科用」と書いてあったが）。応急手当をした後はすぐに病院へ行くべし、というインターネットの指示だが、丁度日曜日の夜のことでもあり、腫れもそれほどのものではない様子なので、そのまま一夜を明かし、翌日は腫れも痛みも引いているので病院へは行かずにすませた。

翌日、見ると巣があったあたりを数匹の蜂が飛び廻っている。これを「戻り蜂」

89　蜂のキモチ

というのだそうだ。それを退治するための男性が再び役場から来てくれた。虫捕り網をふり廻して飛び廻っている何匹かを掬い取って、もう大丈夫でしょう、と帰って行った。

その夜のことだ。電動マッサージ機にかかっていた娘が、終ってスリッパを履いた途端、

「キャー、イタイイ……」

前日と同じ騒ぎになった。又してもスリッパの中に蜂がいて、そいつに刺されたのだ。

「まったく！　しつこい！」

娘は怒って前日に刺された後、早速買っておいた「ハチアブスーパージェット」という強力殺虫剤をピュッとひと吹き。蜂は縮んでコロリと転がった。娘はいう。

「スリッパなんかに隠れてるんだから、タチが悪いわ、この蜂は……」

90

タチが悪い——？　その時、私は思ったのである。巣を取られて行き場のなくなったすずめ蜂は、ヨレヨレヘトヘトになって、一夜を過す場所を捜してさまようちにスリッパを見つけた。スリッパの奥は薄暗く暖かそうだ。ほっとして中に入りひと休みしていると、ヌゥと入って来た妙な奴。びっくりして思わずチクリとやった。それは彼が神さまから与えられた防禦本能である。巣を取られた怨みを晴らそうとして、隠れて待ち受けていたわけではない。

「すずめ蜂はこちらから攻撃しない限り何もしません」

とすずめ蜂研究家はいっている。すずめ蜂がいても知らん顔をしていればいいのである。なのに我々はすずめ蜂を見ただけで忽ち攻撃的になる。彼らは営々として巣を作り、女王蜂を中心に休みなく働いているだけだ。人間世界を攻撃し、勢力を拡大侵略しようとしているわけではない。しかし猛毒の針を持っているすずめ蜂は、

91　蜂のキモチ

必ず刺すとは限らないのだが、萬一刺された時は大ごとになるというので早目に殺されてしまう。これを人間界では「用心深さ」「危険予防」という。

「まったく、すずめ蜂という奴はロクなもんじゃない。蜜を集めてるわけじゃなし、何の役にも立たねえしようがねえ奴だ……」

という親爺さんが来た。その点蜜蜂はせっせと働いて蜜を集めて人間の役に立つものなあ——。

役に立つ？　うーん……。それは人間が勝手に上前をはねているだけじゃないのか？　上前をはねられるかどうかで、蜂の値打ちを勝手に決めている……。牛や鶏は大いに上前をはねられるから上等の生きものとして大事にされ、すずめ蜂・ゴキブリ・ナメクジなどは何の利用価値もないから憎まれて殺される。

「奴らはまったく、何のために生きているのかねえ……」

そう親爺さんはいった。そう改たまって訊かれても、私にわかるわけがない。神

さまのお考えでしょう、とでもいうしか──。

ただ一つわかることは、生きものはすべて、人間に利用されるために生れている

わけではない、ということである。

「すずめ蜂はすずめ蜂として生かしめよ！」

拳をふり上げて叫んでみるが、その気配に飛んでいたすずめ蜂を驚かせて刺され、

ミ、ミカタなのにィと叫んで死ぬ──そういうことだってあり得るのではないか？

ないとはいえない。あり得ることだ。

そこがこの世を生きる難かしさなのですねえ。

お地蔵さんの申子

この北の町で夏を過すようになって、今年で丁度四十年になる。私はこの町、浦河町が大好きだ。私のいる字東栄という集落にはおよそ百軒ばかりの漁師の家がひしめいていて、それを見下ろす山の中腹に私の家はある。

私はなぜか、この人たちと気が合う。ここへ来るとほっとする。お互いに単純で率直な性であることで同類感が生れるのか、丁寧な挨拶が必要ないのも気楽でいいし、いいたいことを遠慮なくいい、いわれるのも心地いい。

ここでの一番の親友は「アベさん」だ。アベ商店は集落の中ほどにあって、生活上の必需品はほぼ間に合う。暇を見ては私は山を降りてアベさんの所へ行き、店の

奥の事務所兼応接間といったところの、四十年間変らぬ長椅子に腰をかけてとりと

めもないおしゃべりをするのが楽しい。

「センセエ、ミキのヨメさん、いないべか」

アベさんは私だけでなく、人の顔を見さえすれば、そういうのがいつ頃からか癖

になっている。去年も、一昨年も、いや一昨昨年もそういっていた。ミキというの

はアベさんの息子で、長年子供に恵まれなかったアベさん夫婦に奇蹟的に生れた男

の子なのだ。

それについてはこういう誕生秘話がある。

今から四十七年前のある日のことだ。アベさんが店の前に立って通りを眺めてい

ると、漁師の中村さんがやって来た。

「なにしてんだ、アベ」

95　　お地藏さんの申子

「なんもしてねえ。立ってるだけだ」

すると中村さんがこういった。

「お前、知ってっか？　その地藏さんのこと」

アベさんが立っている店の脇の空地に、いつからそこにあるのかわからないほど古い小さな石地藏が立っている。近くにあるのに気に止めたこともなかった石地藏だ。これは子授け地蔵というのだ、と中村さんはいった。

「お前、知らねのか。頭三回撫でて、子供授けてくれろって頼めばいいんだ。それで生れるのさ」

中村さんは「こうやるのさ」といって石地藏の頭を三回撫でてみせた。

「カンタンだな」

「カンタンさ。撫でて、頼めばいいんだ。どうか子供を授けて下さいってな」

かねてよりアベさんは子供が欲しかった。

96

「まだか、まだ出来ねぇか」

奥さんに催促しては、喧嘩のもとになったこともある。そんなアベさんには耳よりの話だったので、アベさんは喜んで中村さんに教えられた通りに地蔵の頭を撫でて祈った。

「これでいいんだべか」

「ンだ。そして今夜、ヤレばいいんだ」

アベさんはいわれる通りにした。すると次の月、アベさんの奥さんの月のものが止った。奥さんは妊娠したのである。

アベさんが喜んで中村さんに報告した。すると中村さんは浮かぬ顔をしていった。

「オラ家も出来ちまったんだぁ……」

中村さんはアベさんに地蔵さんへの頼み方を伝授するために実践してみせた。頭を三回撫でて、どうか子供を授けて下さい、といった。それで地蔵さんは願いを叶

97　　お地蔵さんの申子

えたのである。　中村さんには既に三人の子供がいて、それ以上はもう「いらねえ」

と思っていたのに、である。

ミキはそうして生れた地藏さんの申子である。　アベさん夫婦が狂喜して大事に育

てたことはいうまでもない。

「中村の四番目の女の子とうちのミキとは同い年の同じ月生れ。　日にちまで同じな

んだ。　嘘じゃないよ。　地藏さんは偉いもんだ」

アベさんはほとほと感心していっていた。

この話を私は面白半分に雑誌に書いた。　それが本になると、子供に恵まれない人

たちが地藏さんを訪ねて来るようになった。　アベさんの店は子授け地藏の案内所の

ようになった。　アベさんはその人たちの名簿を作った。　子供が生れた人と生れない

人と、ノートは別々にした。　無事に生れたことの礼状や写真を私は見せられた。　お

礼詣りに来る人も何人かいる。　アベさんの奥さんは白ダンゴを作ってその人たちに

98

あげた。やがてその話がインターネットに出るようになると、北海道だけではなく、遠くは鹿児島なんかからも来るようになり、アベさんは「子授け地蔵」と彫り込んだ柱を店の前に立てた。

そうして月日が流れた。

地蔵さんの申子であるミキは四十七歳になった。ミキはこの町の病院の事務関係に勤め、今は係長である。この集落では珍しい穏やかでもの静かな細身の青年だ。アベさんの今の望みはミキにお嫁さんを貰うことである。だがミキはどうやら結婚をする気がないらしい。それでアベさんは人の顔を見れば決って、「ミキの嫁はいねえべか、ミキの嫁」という。他人にいうくらいだから、ミキにも「嫁もらえ、嫁もらえ」としつこくいっていることは容易に想像がつく。結婚をしたくない理由を問いただすのではなく、お説教をするわけでもなく、ただ「貰え、貰え」というだ

けであるから、ミキは閉口してただ苦笑している。この夏も私は何度か「ミキの嫁さんいねえべか」の台詞を聞かされたが、愈々、東京へ帰ることになった日、アベさんは私にいった。

「センセエ、ミキの嫁のこと、本に書いてくれないかい」

子授け地蔵のことが本になったために、全国から人が来るようになった、だからミキの嫁さんのことを書けば、必ず嫁さんがやって来るとアベさんは考えたのだ。

ソレとコレとは話が違うといっても嫁さんはやって来るとアベさんは聞かない。たとえ嫁さんが見つかったとしても、ミキにその気がなければどうしようもない、そういってもアベさんの耳には入らない。

「センセエが書けばきっと来るよ。間違いねえよ。頼むよ……頼んますよ」

私ははじめてアベさんの丁寧語を聞いたのであった。

それで今回はこういう原稿になった次第です。これでアベさんへの義理は果した
けれど、あとはどういうことになりますか。
　帰り際に子授け地藏を横目で見たけれど、子授け地藏は赤いよだれ掛けを何枚も
掛けて、どこ吹く風という面持ちであった。

一億論評時代

テレビアニメの「サザエさん」は今年で放映何年になるのかよくは知らないが、三十五周年の時に新聞がサザエさんについての感想文を募ったことがあったようで、その時の新聞記事の切抜きがこの程出て来た。わざわざ切抜いて取っておいたのは、その感想文に意表を突かれたからであろう。今、讀み返してみて、やっぱり私は意表を突かれる。その第一は、

「学校や家でカツオが怒られるシーンに違和感がある」

というものだ。それに対して十二通の反響があったと紹介されている。そして、

「家であそこまで叱ってくれる父親はそうはいない。今では失われた姿を守りつづ

けているからこそサザエさんは愛されている」

という意見が多数、とある。

それにつづいてこういうのがある。

「カツオと同じ年頃の子を持つ親として、波平の子供を理解しようとしない古い父親像に理不盡さと不快感を覚える」

これは三十歳の男性の意見だ。思わず私は、

「おいおい、これはマンガだよ……」

といいたくなった。マンガというものは人間の機微を捉えて、それを面白がるゆとりから生れるものだ。「父親としてのあるべき姿」を説く教育書なんぞではない。登場人物の粗忽や間ヌケや失敗、悪戯や嘘や頑固を笑えばいい。遠慮なく笑うためにマンガはあるのだ。いったいいつからマンガは人間を論評する場になったのだろう?

103　　一億論評時代

「昔は廊下に立たされても授業に追いつけた。『子供は教育を受ける権利がある』という言葉に時代は変ったんだなあと思った」

これは「五十八歳の女性」の感想である。カツオが先生に叱られて教室の外に立たされ、『子供は教育を受ける権利がある』とでもいったのかもしれない。カツオは勉強嫌いで遊ぶのが大好き、悪戯ばかりしている小学生で年中、先生や父親に叱られている。 昭和前半の子供はみな勉強嫌いで食いしんぼうだった。 父親は頑固一徹、母親は優しい働き者でサザエさんはおっちょこちょいの姉で、弟のカツオに文句をいうのを生甲斐にしている。 昭和前半の日本の家庭の典型ともいうべき一家である。 それぞれの讀者が思い当るような日常のささやかな、ありふれた喜怒哀楽がくり広げられているところが懐かしい笑いを呼ぶのである。 父親は頑固一徹で、カツオは年中叱られている子供でなければこのマンガは成り立たないことはいうまで

104

もないことだ。だが「四十一歳の男性」はこういう。

「成績は悪くてもカツオの生きる知恵の豊かさに感心した」

察するにカツオが下手な悪知恵を使って父親のお説教から逃げる場面なのだろう。感心している場合か。ここは笑うところだ。なぜ笑わない！ 笑わずに感心するとはマンガに対する侮辱ではないか！ しっかりせえ、と私は怒りたくなった。

しかしこの記事をまとめた記者は、眞面目にこう結んでいる。

「多様な意見にサザエさんの不動の人気ぶりを垣間見るようでした」

私が子供の頃、何度も讀んではその度に笑ったマンガがある。泥棒を警官が追いかけながら、

「待てェ……」

と叫んでいる。逃げている泥棒に待てェといっても待つわけがない。だが警官は

眞剣に眉をつり上げていっている。

「待てェ……」と。そこがまずおかしかった。

追う警官は眉をつり上げたまま、バナナの皮にすべってひっくり返る。ひっくり返ったまま、

「待てェ……」

といっている。眉をつり上げたまま。

昔のマンガはそんなものだった。それでも私たちは面白がって笑った。今の子供はどうだろう？　笑うか笑わないか。

「警官たる者は方々に目を配って注意を払っていなければならないものだということを教えているのだと思います」

とでも感想をいうのかもしれない。

これを日本人が知的になったと考える人もいるかもしれないが、私はなんだかう

ら淋しい、心細いような気持、心配になってしまう。

　ある日のことだ。私は地下鉄のプラットホームに立っていた。向い側のプラットホームの端っこに、見るからに粗末な身なりのホームレス風の老人が立っていて、目の前に雑誌を広げた格好のまま、ヒゲもじゃの顔を仰向けて大口を開けて笑っている。彼が両手で持っている雑誌は遠目にも表紙のごたごたした色彩からマンガ雑誌であることが見てとれる。

　老人はマンガを見て大笑いしているのである。歯がないためか、口はくろぐろと穴のように開いていて、私の耳には届かないが、さぞや大きな笑い声が流れ出ているであろうと思われる。実に無邪気な、憂さを忘れた無垢な笑顔だった。「よかったねえ。そんなに笑えて」と私はいいたくなった。

　ああまで彼を笑わせているマンガはどんなマンガか、私は見たくなった。せめて

作者の名前だけでも知りたかった。ここで、こんなに笑ってくれる讀者がいると知ったら、作者はどんなに嬉しいだろう。本が売れるよりも、有名になるよりも、この淋しい人生に耐えて老いてきた人に、あんなに笑ってもらえるなんて最高の喜びにちがいない。マンガ家冥利に盡きるとはこういうことだろう。

そこへ電車が来た。乗りたくなかったが、仕方なく乗った。あっという間に笑っている老人は消えてしまったが、私の心はあたたかなものに満たされていた。今でも、あの笑顔は脳裡に焼きついている。

後日、私はその話を親しい友達に話した。すると高学歴を誇る知的女性である彼女はいった。

「でもね、そんなノンキ者だからホームレスなんかになってしまうのよ。成功して行く人はマンガを見て笑ったりしないのよ」

「なるほどね」といって私は絶句した。確かにこの世の苛酷な現実を生きるとはそ

ういうことかもしれない。しかし、だからこそ私はあの老ホームレスこそ「幸せを心に持っている人」だと思うのである。

グチャグチャ飯

今年の六月、ハナが死んだ。

ハナは十四年前、北海道の私の別荘の玄関の前に捨てられていたメス犬だ。生れて二、三か月というところか、両の手のひらに乗っかるくらいの大きさだった。夜が白々と明ける頃、クークーキャンキャンと啼く声に家中が目を覚ましたのだった。どこから来たんだろう、こんなに小さいのに……と居合せた泊り客がいったのは、私の家は人里離れた山の中腹にあって、人家のある所からは七百メートルくらい山道を登らなければならないからだ。どこから来たもヘチマもない。車に乗せて捨てに来たのだ。我が家を狙ってわざわざ早朝に来たのだ。私に押しつけに。

ここは私の別荘である。秋になれば私は東京に帰る。この犬を引き受けるとしたら、東京に連れて行かなければならない。飛行機に乗せて、だ。（犬の飛行機賃ナンボ？）そうしなければこれから寒さに向うこの山に、こやつを捨てて行くことになる。その残酷な役割をこやつの飼主は見も知らぬ（尻の持ち込みようのない）私に押しつけたのだ。

私は犬を飼いたいと思っていない。前にいたタローという犬が死んだ後、暫くは犬を飼うのをやめようと思っていたのだ。飼いたくないのに（どこの何者ともわからぬ勝手者のために）飼わなければならなくなっていることの理不尽な事態に、ハラワタが煮えくり返る思いだった。

しかし人恋しさに足もとにすり寄っているこの小さき者を、北狐の出没する荒野に放棄することは出来ない。チクショウ！　と私は憤怒しつつ、「飼うしかない！」と決心したのだった。

グチャグチャ飯

東京の家へ連れて来られた犬コロは、孫によってハナという名がつけられた。前にいた犬がタローだったので、今度はメス犬だからハナにした。熟考の末つけられた名ではない。考えもしないで、思いついただけの名前である。それほど大切にされていたのではないことがこの名前のつけ方でおわかりになるだろう。

ハナはタローが使っていた小屋を当てがわれ、家の中には気の向いた時しか入れてもらえず、いつもテラスからガラス戸越しに私を見ていた。私が居間にいる時は居間のガラス戸の向う、応接間で来客と向き合っている時は応接間のガラス戸の向うからこっちを見ている。

「このワンちゃんはいつも佐藤さんを見つめてるんですねえ。よっぽど可愛がられてるんですね」

と何人ものお客からいわれた。私は特別にハナを可愛がってはいない。日々の暮

112

しのついでに飼っている、という気分だった。何しろ私は忙しいのだ。ハナに心を寄せる暇などなかった。時々、思い出したように、ハナ、元気かい、と言葉をかけて頭を撫でてやるくらい。庭に穴を掘ったといっては叱り、泥足で磨いたばかりの床に上ったといっては邪慳に追い出し、たまにブラシをかけてやるが、何ごともやり出すと熱中するたちなので力まかせにいつまでもかけつづけ、いやがって逃げようとするのを逃がさず押えつけて怒る。

しかしお客の中には、「ホントに幸せなワンちゃんねえ。ケージに入れられたり、つながれたりしていないし、お庭は広いし、こんなに自由にさせてもらってる犬はいませんよ」という人が少くなく、私は尻こそばゆい思いで、「いや……そんな……幸せだなんて……そんなことは……」あとは口の中でムニャムニャいってごまかすしかない。ハナにしてみれば、「幸せな犬？　勝手に決めなさんな」という思いかもしれないと思っていた。

そんなある日、思い出したことがある。北海道の別荘でハナを飼うことに決めた翌日のことだ。朝の五時半、けたたましい啼き声に窓を開けると一匹の北狐がハナをくわえている。思わずコラーッと怒鳴って窓から飛び降りると、狐はハナを放して一目散に逃げて行き、ハナは手毬が転がるように私に向って走って来たのを受け止めて抱き上げると、額に狐の牙の痕が血を滲ませていた。

その時のことをハナは忘れないのだろう。ハナは私を「命の恩人」だと思っているのだ。その恩人が東京の家では少しもかまってくれないが、ハナは失望もせず、黙って遠くから「恩人」を見守っているのか。見守る癖がついてしまったのかもしれない。そのうち気がついた。ハナは自分の小屋では寝ずに、私の寝室の外のテラスで毎晩寝ている。春や夏はともかく厳寒の頃も変らない。ハナは私を守っているつもりなのだろうか。それとも捨てられた時のあの夜明けの、ひとりぼっちの心細

さが身に染みこんでいて、少しでも人の気配に近いところにいたかったのだろうか。

しかし私はそんなハナの心情に応えてやろうともせず、いつも忙しくいつも邪慳だった。

この国では昔から、猫の飯は残飯に鰹節をかけたものと決っていて、犬の飯は魚の骨やら肉片、野菜の煮物にそれらの煮汁か味噌汁の残りを残飯にかけた「汁飯」と決っていた。「猫飯」は汁がないから、猫の食べ方は静かである。犬はピチャピチャと音を立ててまず汁を平らげ、それからおもむろに中身にとりかかる。そのピチャピチャに犬のいそいそとした気持が滲み出ていて可愛かった。

だが今はドッグフードなるコロコロが犬の常食になった。毎日毎日、来る日も来る日も何年も、同じコロコロを食べてよく飽きないものだと思う。何かしらヘンだ。もうピチャピチャに始まる食事ではなく、初めから終りまでカリカリ、不気味だ。

115　　グチャグチャ飯

カリカリだ。だが、「それでいいのです。ドッグフードなら栄養も考えられているし、第一、糞が臭わないのがいい」と皆がいう。そうかもしれない。そうでなければいけない、ということもないだろう。そう考えて私はハナのご飯は昔ながらの残飯主体の汁飯にしていた。昆布だしを取った後の昆布を細かく刻んで必ず入れた。この昆布飯でタローは二十歳まで生きた。タローの前のチビは十九年生きた。ハナもそれくらいは生きると私は固く思いこみ、昆布入り残飯を食べさせているから、うちの犬は長命なのですと自慢げにいったりしていたのだ。

しかし十五年目の春が過ぎた頃から、ハナは昆布飯ばかりか何を与えても食べなくなり、お医者さんから「腎不全」だといわれた。腎不全用のドッグフードを勧められたが、何も食べず飲まず、昼は居間、夜は私のベッドの下で二か月ばかり寝起きして、ある夜、死んだ。あの昆布入り汁飯がいけなかったのか？　思うまいとしても思ってしまう。

116

私の胸には苛責と後悔の暗い穴が開いたままである。自分の独断と冷たさへの苛責だ。冷たい飼主なのにハナの方は失望せずに慕ってくれた。そのことへの自責である。

ある日、娘が親しくしている霊能のある女性からこんなことを聞いて来た。

「ハナちゃんは佐藤さんに命を助けてもらったっていって、本当に感謝していますよ。そしてね、あのご飯をもう一度食べたいっていってます」

そのご飯がその人の目に見えてきたらしい。

「これは何ですか？　なんだかグチャグチャしたご飯ですね？」

不思議そうにその人はいったとか。途端に私の目からどっと涙が溢れたのであった。

117　グチャグチャ飯

覚悟のし方

私は新聞の「人生相談」の愛読者である。僅かな字数の中に時代とそこに生きる人々の人生が垣間見え、また回答者の回答にもその人の人となり、価値観、生きて来た軌跡のようなものがそこはかとなく窺われて興味深い。

テレビのドキュメンタリーといわれるものには、それが「見せるもの」である以上、当然意図がありそれに伴う作為がある。制作側が強調したい意図に誘導されてしまい、時には「正確な事実」からは遠いものになっているのでは？と疑ったりしてしまうのがイヤである。

ある日の読賣新聞にこういう相談があった。

二十代の看護師の女性が、二十歳年上の会社経営者と恋仲になった。「親子ほど年は違いますが、私のことを尊重し、応援してくれます」と相談者のS子さんは書いている。二人は結婚を考えており、S子さんは彼の晩年にオムツを替える覚悟も出来ているそうだ。

しかし彼女の家族は年の差を心配して反対している。彼の人柄や自分の気持を伝えようとしても耳を傾けてくれない。そのことを彼に伝えると「自分のことで申し訳ない」といってくれるという。今後、そんな家族とどのように折り合いをつければいいかという相談である。

人生相談を讀んでいつも思うのは、ああ私は人生相談の回答者にはとてもなれないなあということだ。ここに書かれているだけの材料で、この結婚に反対する家族への対応をアドバイスすることなんて、到底私にはムリだ。「彼」なる男性は二十

歳年上。だとすると四十代である。四十代まで独身を通して来たのか？　だとしたらそれはなぜなのか。妻子がいるのか？　かつてはいたということなのか。そのへんのことをまず知りたい。二人の愛の前には、そんなことはどうだっていいでしょう、といわれるかもしれないが、そのへんのことを知ることによって私は「彼」についての乏しい情報をいくらかでも補って判断の元にしたいのである。

S子さんが、この結婚を家族が反対していることを話すと、彼はこういったという。

「自分のことで申し訳ない」と。

S子さんはその答え方で、彼が眞面目な謙虚な人物だといいたいのかもしれない。

だが私は、

——自分のことで申し訳ない……

それだけかい？といいたくなる。

120

申し訳ないと思っているけれど、しかしぼくはぼくたちの愛を、どんなことがあっても貫くつもりだ、責任は持つ、とつづくのか、申し訳ないと思うけどねえ、うーん、ぼくは迷ってしまうんだ、とつづくのか、そんところをハッキリさせてくれといいたくなる。

申し訳ない、申し訳ない、といいながら、借りた金を返さない奴がかつて私の知り合いにいた。「すまん」とか「申し訳ない」などと何べんもいうけれど、その後にいうべき肝心の言葉がない。「もう少し待って下さい」とか、「来月には必ず返す」とか、「すみません、出世払いにしていただけないでしょうか」とか……何もない。ただ「申し訳ない」と頭を下げるだけである。

「申し訳ない申し訳ないって、もう聞き飽きた! つまりあなたには返す気がない。返せない。返そうと努力しない、そういうことなんだわ! もういらん! 返してなんかいりません。 意気地なし!! 私の前からさっさと消えてよ!」

121　覚悟のし方

短気な私はそういって何百万もの金を捨てたことがある。「短気は損気」と昔から

らいうけれど、私はこの短気のためにどれだけ損をしてきたか……。

つい昔の興奮が蘇って、本題から逸れてしまいました。ごめん。

俗に「恋は熱病」とか「恋は盲目」とかいわれている。愛と恋は違う。愛は積み重ねて昇華して行くものだけれど、恋は燃え上ってやがては灰になってしまうものだ。

S子さんは今、恋の熱に浮かされている最中であるから、つまり「彼」の心のうちや人間性について見極めることが難かしい状態の中にいる。大切なことは、反対する家族との折り合いをつける方法を考えるよりも、彼の気持（覚悟）をはっきり見定めることだと私は思うのだが、それらを推察する材料がこの相談には欠けているのがもどかしく、あーあ、私は人生相談の回答者にはなれないなァ……つづく

思うのである。

そこで回答者の最相葉月女史のアドバイスを読む。女史の回答はこうである。

「そこまで固い決意をされているとは、彼はきっと誠実で思いやりのある方なのでしょう。すぐにでも一緒になっていただきたいと思いました」

そういう書き出しである。

なるほど、そういう考え方もあったのか。S子さんがそこまで決意をするのは、熱病のせいではなく、彼の人間性の魅力にあると女史は断定されたのだ。

私は思う。そうかもしれないが、またそうではないかもしれない。いずれにしても「かもしれない」の範疇の話であって、断定は出来ないのである。しかしS子さんはこの回答を読んで、苦悩の日々に一筋の力強い光が射し込んだような、嬉しい希望と勇気を得たことであろう。人を力づけ、勇気を鼓舞することは素晴しいこと

だ。それが本来あるべき人生相談の回答なのであろう、と思う。そう思いつつ先を読む。

「がんばってください。ご両親が会ってくれるまで何度も彼に来てもらってください。あなたも一緒に許しを請うてください。あきらめずに何度も何度も、です。結婚は折り合ってするものではありません。これまでご両親に向けていた愛情のすべてを彼に切り替えることです（中略）それほどの覚悟と勇気がなければ結婚するものではないのです。それでも彼と添い遂げたいというなら、一生、その意志を曲げないと誓ってください」

いや、これはむつかしい。私は思う。歳月は覚悟も勇気もなし崩しにしてしまう容赦ない力を持っている。私は九十年の人生でまざまざとそれを見てきた。恋も熱病である限りやがては熱は下ることも。それが人間というものであり、「生きる」とはそういうことなのだ。

124

といって私はこの結婚に反対はしない。

やがてこの熱病の熱が下った時にどういう事態がくるか、だいたい想像はつくけれど、「どうしても結婚したいのなら、すべての反対に目をつむって覚悟して進みなされ」という気持だ。しかし同じ「覚悟」でも最相女史のいわれる「一生意志を曲げない覚悟」ではなく、長い年月の間にやがて来るかもしれない失意の事態に対する「覚悟」である。たとえ後悔し苦悩する日が来たとしても、それに負けずに、そこを人生のターニングポイントにして、めげずに生きて行くぞという、そういう「覚悟」です。それさえしっかり身につけていれば、何があっても怖くはない。私はそんなふうに生きて来た。そして今の、九十二歳の私がある。自分がそう生きたものだから、そうして後悔などしていないものだから、ひとの相談も以上のような回答をしてしまう。

それが私が回答者にはなれない理由です。

懐かしいいたずら電話

　頭にかぶさってくるような曇天から、時々秋雨が落ちてきては気がつくとやんでいて、又気がつくと降っている。それが今日で三日目だ。家の中も表も静かだ。墓場のようだ。　私は揺り椅子に腰かけてアクビばかりしている。

　誰か来ないかなあ、電話でもかからないかなあ、と思う。あの頃はよかった。一日中誰かが来ていたり、電話がかかったり、その合間を縫って原稿を書くというあんばいで私は常に気が立って怒ってばかりいた。だが今となってみるとあの頃はよかった、と思えてくる。　怒りは私の元気の素だった。特に活力を与えてくれたのが毎日のようにかかるいたずら電話である。身の上相談、グチ電話もあったが、多い

のがエロ電話、無言電話であった。家中がそれにふり廻された。呼び出し音が鳴っても出なければいいと人は簡単にいうけれど、もしかしたら友人からか、仕事先からかもと思うと出ないわけにはいかないのである。

「もしもし」と応答しても電話の向うは黙ったまま。切るとまたかかる。出ると沈黙。それのくり返しだ。

「バカヤロー、うるさいッ！」

と怒鳴れば却って向うの思うつぼ。人を怒らせて満足するというヘンタイなのだから、何もいわずガチャン！　と力任せに受話器を下ろして、電話に当るしかないのだった。

ある日、私は考えた。送話器の前で、ラッパを吹いてはどうだろう？　と。力いっぱい吹き鳴らすラッパの音がテキの耳になだれ込んで、鼓膜を破る！　テキは

「わーッ」と叫んで耳を押えてのたうち廻る——そんな場面を想像したのである。

娘が中学二年か三年の時だ。古いオモチャ箱に壊れたラッパがあったのを娘に探し出させて吹いてみた。ゼイゼイガーガー。喘息のじいさんながら。鼓膜を破るところまではいかないにしても、不気味であることは確かである。今度、かかって来たらこれにしようと思い決める。それから更に考えた。ヤカンをスリコギで叩くのはどうだろう？　験しに古い大ヤカンを出して来て、力いっぱいスリコギで叩いた。ガンガンとうるさい。だが効果のほどはわからない。

そこで娘を表通りの公衆電話まで走らせた。私は電話の傍にラッパとヤカンとスリコギを並べて待ち受けている。間もなく呼出音が鳴った。受話器を取るなりラッパを吹いた。

「どう？」

ゼーゼー、ガーガー。

何ともいえない不快な音である。吹きやめて、

128

と娘に訊けば、

「うーん、たいしたことないねえ……」

これはどうだ、とヤカンを叩く。

「どう?」

「どうといわれてもねえ。べつに……」

「ダメ?」

「そうだねえ。いったいこれは何の音だろうと思うくらいだわね」

「ふーん」

と私は気落ちした。

まったく、中学生の娘相手に何をしていたんだろう。私には何か事が起きると、「逃げてはいられない、戦わなければ」という気持がムラムラと湧き出てくるのだ。この闘争心によって私は今日までの苦難多い人生を生きて来たのだ。そう友達にい

うと、

「闘争心は人の何倍もあることはよくわかるけど、それに伴う知恵がねぇ……」

なさ過ぎる、と嘆息された。

あまりの無言電話のうるささに、ある日私は決心して警察へ行った。無言電話の

ために、日常生活がどんなに差支えているかをしつこく説明し、相手の正体を突き

止めてほしいと頼んだのである。たださえ忙しい警察官は渋り顔だったが私は執拗

にねばり、テキの電話番号だけ、やっと突き止めてもらえた。何とそやつは青森か

らかけているのである。私は勇躍して我が家へ帰ると、コートを脱ぐ間も惜しんで

すぐにその番号をプッシュした。三回ばかり呼び出した後、

「ハイ、もスもス」

と男の声が出て来た。こういう声の奴だったのか！　若いような、中年のような、

130

暗くもなく明るくもないありふれた声である。

私、ダンマリ。

もスもス、もースもス、と声はくり返す。

私、ダンマリ。もスもス、もスもス……そして突然、電話は切れた。私は溜飲を下げ、勝者の静かさで受話器を下ろしたのであった。

それから何日か、暇を見てはそれを行った。一人暮しなのか、いつも同じもスが出てくる。そして無言電話はかからなくなった。私は被害者から加害者に転じたのである。

ああ、あの頃が懐かしい。あの頃は毎日が忙しく、元気横溢していた。こちらの血気が盛だと、世間の血気が呼応してやって来るのだろうか。よい血気も悪い血気も先を争うようにやって来た。自分の父は佐藤栄作で母は佐藤愛子であると思いこ

131　懐かしいいたずら電話

んでいる青年が現れたり、佐藤愛子と結婚する気で花束を持って来るオッサンや、白昼強盗という強烈なのから、不成仏霊なんてものまでやって来て、来る日来る日が賑（にぎ）やかに充実していた。

しとしとと降る秋雨を眺めながらせめて無言電話でもかからぬものかと私は思う。当節は無言電話やエロ電話の話題さえも耳にしない。耳に入るのは「フリコメ詐欺電話」の被害ばかりだ。今年上半期の被害総額は百八十七億円とか。現代を襲う物質的価値観はついにいたずら電話にまで及んだのか。情けなや、いたずら電話も「実利」を伴わなければやらないということになったのだ。

かつてのいたずら電話を私は思い出す。

「もしもし、ボクネ、今、アソコ握ってるのよ」

と若い男の声。それに対して私の娘はこういった。

「そうですか。では握っていて下さい」ガチャン。

私も娘もこのテの電話にはついに馴れ親しんで、それなりに楽しむようになったのだった。

ああ、あの頃が懐かしい。

思い出のドロボー

　昔、「あの人に会いたい」というようなタイトルだったと思うが、有名人が出演して「思い出の人」と再会する番組があった。小学校時代の恩師とか、遊び友達であるとか、憧れの人、可愛がってくれた隣家の夫婦など、忘れ難い人をテレビ局が探し出して会わせるという仕組みだった。

　折にふれ私はそれを思い出す。あの番組があれば申し込んで探してもらいたい、と思うことがよくある。九十年も生きてくると思い出の数も多く、あの人はどうしているかしら、と思い出して会いたくなるような人は沢山いる。沢山いるが、しかし考えてみると、私が会いたいと思う相手は、恩師とか憧れの人とか困った時に力

になってくれた有難い友達、誰もが褒め、感心した人物などというような、「麗しい」話題の人ではない。そりゃあ私にだってそういう思い出の人はいないことはないが、本音をいうと「恩師」といったってねえ、怒られたりニラまれたりした思い出ばっかりだから、会ったところでそう楽しいというものではないのだ。

私が会いたいなァ、どうしてるかなァ……と懐かしく思うのは、おおむね「ヘンな人」である。「あの人は」というより「あいつ」とか「あの野郎」とかいいたいような手合である。その中に一人、十五歳の少女がいる。名前は忘れた。憶えているのは「小肥り」といってもポチャポチャと柔らかく太っているのではなく、「ぎっしり肉がついている」といった趣のずんどうの身体に、それにふさわしい大きな顔、短かい手足。それに冴えないエンジのセーターに黒いズボンといった風体である。

彼女がやって来たのは、今年五十五歳になる私の娘が幼稚園に上るか上らぬかの

頃のことだ。春のある日、突然通用門のチャイムが鳴って、手伝いのおばさんが扉を開けたら、彼女が立っていた。広島から今日、東京へ出て来たといい、佐藤愛子さんに会いたいといったそうだ。

彼女の母は原爆の被災者で、原爆病院にもう何年も入院していたのだが、数日前に死亡した。他に身内もなく、中学を卒業したものの行く先もなく仕事もない。担任の先生が心配して、東京に出て作家の佐藤愛子を頼ってみなさいといったので、やって来たという。担任の先生がなぜそんなことをいったのかわからない。なぜかと彼女に問うたが、「わかりません」というだけだった。

「仕方なく」というか「とりあえず」というか、私は彼女を泊めることにした。

「来る者拒まず去る者追わず」は私の主義——というより私の「性（さが）」だ。先輩作家の平林たい子女史は困っている女性の味方で、顔の広いお方であるから、相談すれば何とかなるだろうと思ったのだった。

彼女（名前を忘れたのでそういうしかない）の身の上話は実に哀れなものだった。

原爆で家を失った彼女は、原爆症で入院している母親のベッドの下で寝起きをし、母の食べ残した病院食を食べ、ベッドの下で勉強してそこから学校へ通っていたという。だが母が死んでしまった今は、病院にはもういられなくなったのだ……。手伝いのおばさんは庭の草ムシリを手伝わせながら、そんな話を聞いて泣いた。彼女は抑揚のない低い声で、訥々とそういう悲しい話をする。その度に手伝いのおばさんは泣いた。

三日目だったか四日目だったか、彼女はちょっと出かけて来ますといって出て行き、間もなく息せき切って帰って来た。渋谷の人ごみを歩いていたら突如、担任の先生に出会った。先生は彼女を東京に出したもののどうしているか心配になっているところへ、いい働き口が見つかった。そこで広島から上京して彼女を探していたところだったという。よくまあ、偶然出会えたものだわね、よかった、よかった、

と私たちは彼女のために喜んで、その日のうちに先生に会わなければならないとい

う彼女に私は餞別（せんべつ）まで贈って送り出したのである。

それから何日か経った日、銀行からお金を下ろす必要があって私は預金通帳をと

り出した。残金を確かめようと開いてみてびっくり仰天した。現在高ゼロなのだ！

確か三十万くらいはあった預金。我が家の全財産。それがスッカラカンになってい

るのだ。

やられた！

その瞬間、すべてがわかった。

キャツはドロボーだったのだ。嘘で塗り固めたドロボーだった。

ちょっと出かけて来ます、といって出て行ったのは、盗み出した預金通帳から金

を引き出すためだったのだ。それを私は機嫌よく、

「ああ、行ってらっしゃい、気をつけてね」

138

などといって見送ったのだ！

キャツは難なく全金引き出したので）金を懐に何くわぬ顔で「ただいま」といって帰って来た。そのまま逃げないで帰って来たのは、通帳とハンコを元へ戻すためだったのだろう。そのまま逃亡したのでは明らかにキャツが犯人だと決めつけられるが、元に戻しておけばキャツへの疑いは少し薄まる。キャツも怪しいが手伝いのおばさんも怪しい、ということになるだろうと、小シャクにも考えたのだろうか……私がそう推察すると手伝いのおばさんは、「まあッ！」と叫んだきり、彼女の嘘の苦労話に泣いたことを口惜しく思い出していたのか暫くウツロになっていた。

私のこの体験を聞いた友人は十人が十人ともに呆れ果てた。キャツの悪知恵に呆れたのではない。私の不用心さ——どこの何者ともわからない見も知らない女の子

を泊めて世話をするつもりだった不用心、本棚の抽出しに銀行預金の通帳（ハンコまで添えて）をほうり込んでおいただらしなさ、嘘の数々を見抜けなかったアホさ加減などなどを呆れたのである。同情する人は一人もいなかった。「しっかりしてよ」という言葉を飽き飽きするほど聞いた。しかし手伝いのおばさんだけは、

「人から騙されるとも騙す人間にはなるな、と私はおじいさんからよくいわれたものです。先生はご立派です」

と慰めてくれたのだった。

この話はここで終りではありません。以下次回。

140

思い出のドロボー（承前）

嘘つきドロボーにまんまとやられた後、我が家が漸く平静をとり戻した頃、事件の際に顔見知りになった刑事さんがやって来た。

「つかまりましたか、あの小娘？」

思わず身を乗り出すと、

「いや、それが……どうもこみ入ってまして」

と苦笑して語ったのが次の話である。

嘘つきドロボー娘は私の家を出た後、不動産紹介所を経て、資産家の一人暮しの老婦人の家の間借り人となった。

自分は広島から来た者だが、高校を出て大学へ進学したばかりで、急に三和銀行で働くことになって上京して来た。三和銀行の頭取が自分の伯父さんで、大学なんぞへ行くより銀行で実地に社会勉強をせよと強くいわれてそうすることにしたのだといった。

老婦人はすっかり信用して、そういう確かな生れの人なら私も安心だと喜んで、いろいろ親切にした。彼女は毎日、老婦人の作ったお弁当を持って「行ってまいります」といって出かけて行った。夕方六時きっかりに「ただいま」といって帰って来る。

そのうちデパートからベッドやら鏡台、整理箪笥（たんす）に三点セットなどがぞくぞくと届いた。老婦人はさすが頭取の姪（めい）だけあって、ずいぶんお金を持っているのだなあと感心したらしいが、何のことはない、その元は私の家から盗んだ三十万円である。

そんなある日、彼女は息せき切って帰って来た。彼女が息せき切る時は次の行動

に移る時であることは経験上、私にはわかっている。しかし老婦人は無論、何も知らないから心配した。彼女は目にいっぱい涙を溜め、広島の母が突然倒れたという連絡が銀行に入った。頭取の伯父さんからとにかくすぐに行きなさいといわれて走って帰って来た。そしてこれからすぐに出発します、といって慌ただしく出て行ったのである。

ここで一幕が終って二幕目になる。場面は広島は江田島の漁師の苫屋（とまや）である。初老の漁師夫婦が土間で魚網の繕（つくろ）いなどをしている（ここは私のヘタなフィクションだが）。質素な身なりだが実直そうな面（おも）もちの二人だ。

そこへ突如、ベッドが送られてくる。何ごとかと驚く間にも鏡台、整理箪笥、三点セットと、ぞくぞくとやって来る。送り状を見れば、宛名はまさしく娘の名前。差し出し人は夫婦には未知の人である老婦人の名が書かれていて、それらの家具は

143　思い出のドロボー（承前）

丁寧に組まれた木ワクに納められているのである。

後でわかったことは、彼女が息せき切って帰って来て、すぐに又息せき切って出かけて行ってから三日して、老婦人のもとに彼女から手紙が来た。広島の実家に帰ったところ、母は意識を取り戻したものの寝たきりになり、介護する者が必要になった。そのため銀行も辞職し、もう東京には行けないので、自分の荷物は申し訳ないが送ってもらいたいという手紙である。

老婦人はいわれた通りに身のまわりの物や家具一切を荷造りして送った。すべて自腹を切って、である。せっかくの新しい家具が傷になってはいけないと思って、運送屋に丁寧に組んでもらった木ワクの代金まで老婦人が払ったのだ。

親は何が何だかわけがわからない。近所の人たちも集って来て騒いでいる最中にひょっこり彼女は帰って来た。そうして彼女は警察に連行された。なぜそこへ警察が現れたのか、私にはわからない。あまりの劇的な展開に呆気にとられ、私は刑事

さんに質問するのを忘れたのである。あるいは彼女は私や老婦人のほかにも、嘘の才能を駆使してドロボーをくり返し、被害届が幾つも出ていて警察にマークされていたのかもしれない。

「それで父親は佐藤さんの親切を裏切るようなことをして申し訳がないので、盗んだお金を返すといって送って来てるんですがね」

刑事さんはそういって、新聞紙の包みを取り出した。それを一目見て、私は胸を突かれ声が出ない。反射的に、

「いや、いいです……いらない」

といっていた。

何というヨレヨレのお札。百円札やら十円札があったかしら。一円札もその頃はまだあったかもしれない。とにかく色とりどりの、シワクチャやらふちがめくれ上ったのやら、それから小銭もあったと思う。正直者の父親と母親があっちこっち駆

145　　思い出のドロボー（承前）

けずり廻って、頭を下げ、涙を拭いて借りて廻ったお金だろう。貸した方もそう豊かではない人たちだろう。金持ちはこんなお札は持っていないだろうから。そんなお金を、どうして受け取れよう！　私はこの金は我が家の蓄えのすべてであったことを忘れたのである。

「そうですか。そうしてやってくれますか」

と刑事さんはいった。日焼けした初老の顔はほんとうに嬉しそうだった。ああ、この刑事さんはいい人なんだなあ……。そう思うとなんだか私も嬉しくなって、私は三十万円の損失を忘れたのであった。

それにしてもあの娘はずいぶん手の込んだことをしてくれたものだ。母親が原爆症。その病院のベッドの下で寝起きをして、母の食べ残したご飯を食べて学校へ行った……。よく考えたものだ。渋谷で中学の恩師にひょっこり出会った。恩師は彼

146

女のことを心配して、仕事を見つけて彼女を探していたところだった……よくもそんなあり得ない偶然をおめおめ信じたものだ、この私が。それはよかったよかったといって、餞別（せんべつ）まで渡したのだ、この私が。

思い出せばハラワタが煮えくり返る。しかしなんでそう簡単に騙されたんですかね？　と刑事さんはいった。可愛い娘だったんですか？　いや、可愛いなんてものじゃない。サーカスの熊がね、スカートを穿（は）いて出て来たような子ですよ！　だからよけいに可哀そうに思っちゃったんですよ！　そう答える私の声は、屈辱と憤怒に震えたのだった。

「あの人に会いたい」というテレビ番組があれば、そうしてあの嘘つきドロボーの熊娘を探し出してくれるなら、テレビ嫌いの私でも喜んで出演するだろう。そうして彼女がどんなおとなになったかを見たいものだ。

147　　思い出のドロボー（承前）

でなければ、部屋を貸した心やさしいかの老婦人に会わせてもらいたい。そして騙された者同士の感懐をしみじみ語り合いたいものである。

悔恨の記

アクセサリーなどの不用品があれば引き取らせていただきます、という電話が時々かかる。私は年寄りなのでそういうものはありませんというと、何でもいい、時計でも古靴でも着物でも、古本、陶器、何でも、と調子よくいう。もの馴れて感じのいい中年女性の声だ。いつも同じ人がかけて来ているわけではないのだろうが、いつかかって来ても落ちついていて親しみがあって、まるで同一人物のように似ている。これがこの道のベテランというものなのであろう。

私は物を捨てられない性分で、そのため納戸にはガラクタが詰っている。「これも何かの時に役に立つかもしれない」と思っては、捨てかけた物を捨てずに納戸に

149　悔恨の記

置くのである。

「おばあちゃん、紙袋がほしいんだけど」

と孫がやって来ると、

「紙袋?　大きいの?　小さいの?　何でもありますよ、さあ、さあ……」

と上機嫌。なに、リボン?　あるよ、ある、ある。古タオル?　何にするの。太いの、細いの、赤、青、黄。よりどり見どりだョ、とか、古タオル?　何にするの。太いの、細いの、赤、青、黄。よりどり見どりだョ、とか、らコッチ……などと張り切る。捨てずにおいたものが活用されるととても嬉しい。台拭きなだから、不用の物は何でもいただきますといわれると、何かの役に立つならばとノリノリになって、では来て下さい、今日でも明日でも、といってしまうのだ。娘は顔をしかめて、

「やめた方がいいよ。金製品はありませんか。キン、キン、とそれはしつこいんだから。古靴?　古本?　そんなもの引き取るわけないよ。私はもうコリゴリしてる

んだから」

　というが、私の耳には入らない。そういう人もいるかもしれないが、そうでない
場合もあるだろう。とにかく当ってみなければ何ごともわからないよ、といってテ
ーブルの上に古本を積み上げて待っている。やって来たのは電話の女性ではない。
おとなしそうな若い男だ。

「ネックレスでもブローチでも何でもいいんですが、キンを使っているものはあり
ませんか」

　古本の山をチラッと見ただけだ。

「そんなものはありませんよ。古本でいいからというので来てもらったのよ」

「はあ……しかし、欲しいのはキンでしてね。今、キンはいい値で賣れるんです」

「そうかもしれないけれど、そういうものはうちにはないのよ。私なんかの年代は
ね、指輪にしろネックレスにしろ、装飾というより財産という気持で買うものだっ

151　　悔恨の記

たのよ。何かの時に賣って急場を凌ぐことが出来るような、それなりに高価な物を買ったの。数は少くても値段の張るものをね。今みたいに安物を幾つも買って取っ替え引っ替えつけるというようなことはしなかった。自分の力でお金を稼ぐことなんか出来なかった時代だから、いざという時に役立つようにと考えてね。非力な女の知恵ですよ。たしなみですよ。一つ一つに思い出が詰っているものだから、困ってもいないのに賣る気はしないの」

　説明がだんだんお説教になって止らない。相手ははァ、はァ、と仕方なさそうに頷いている。やっとお説教がひと区切りしたのを見て、「すみません、では」と立ち上ってお辞儀をする。なに、帰るの？　何も持たずに！　古本でもいいというからそのつもりで待っていたのに、見向きもしないとは怪しからん！　積み上げた古本の上の一冊を取って、折角だからこれを持って行きなさい、とつき出せば、「はァ……」と途方に暮れている。

「お金はいらない。あげます!」

その剣幕にビビったか、「すみません、ではいただきます」

と仕方なさそうに、いかにも気が弱そうに、お辞儀をして玄関を出て行った。そ

の後、道へ出てから、

「チクショウ!」

叫んで本を叩きつけたかどうか、そこまでは知らない。私が与えた古本は宇野千

代の「色ざんげ」だった。

その次にやって来た青年は、同じような経過の後、仕方なく古万年筆を二本持っ

て帰って行った。その時は電話係の女性が「万年筆でも結構ですよ」といったのだ。

そうしてこの夏の終りのことだ。やって来たのは丸顔にイガグリ頭の、もの馴れ

ていない素朴な青年だった。電話係の女性は例によって「何でも結構です、古茶碗

153　悔恨の記

でも古靴でもいただきます」といったが、それはこちらの気を惹くための出任せで

あることはもうわかっている。だから私は何の心づもりも不用品の用意もしていな

かった。暇だったからどんなのが来るか、退屈凌ぎに会ってみようという気になっ

ただけだった。だから上へは上げずに、濡れ縁に腰をかけさせた。

　しかし相手の「キンはありませんか、キンは」というまるで台本の棒讀みのよう

な台詞を聞いているうちに、何かしら不用のものをひとつだけでも持って行かせね

ばこのままでは帰せないという思いが頭を擡げたのである。といって急には思いつ

かない。ふと冷蔵庫の水瓜が思い浮かんだ。次々に貰って食べ切れず、家中の者が

飽きて食べなくなって三日目の水瓜だ。しかしむざむざ捨てるのは忍び難く、かと

いって自分が食べるにはもはや無理が利かない年である。日に日に水気を失ってい

く水瓜。しかし捨てられない水瓜！

「あなた、水瓜好き?」

いきなり私はいった。返事も聞かずに立ち上って水瓜を持って来た。

「これ、甘いのよ、おいしいのよ。おあがんなさいな」

「はァ」と彼はいった。

「水瓜嫌い？」

「いや、嫌いじゃないけど、今、ハラの具合がよくなくて……」

「いいじゃないの、若いんだから、ハラ具合なんて気にすることないわ。おあがり

……」

「はァ、しかし……」

彼はいった。

「もし途中で便所へ行きたくなったら困るんで……」

「便所ならこの先にサミットがあるからそこのトイレを使えばいいわ」

我ながらムチャクチャである。だがその時はとにかくこのままムザムザと帰せな

いという思いと、水瓜を捨てたくないという思いが渾然一体となって燃え上っていたのだ。その迫力に負けたか、彼はしぶしぶその一切を食べて帰って行った。律儀に「ご馳走さまでした」といって。

思い返すと胸が痛む。痛みながら、捨てずにすんだ水瓜を思って、「やった！」と勝利の気分だった。これは宿痾というべきか妄執というべきか、重症の捨てられない病だ。

それにしてもあの素直な青年のおナカは大丈夫だったかしらん。ゴメン。

懐旧の春

カレンダーの一月分を剥ぎ取りながら、ハ・ハ・クションとクシャミをする。

愈々始まった、今年の春は早いねえ……かつて私のクシャミはこうして季節の廻りを教えるものだった。

いつ頃が始まりだったのか、はっきりしない。まだ花粉症という名称は生れていない頃だ。

「春先のハナ風邪」と私たちは呼んでいた。医学名がないくらいだから、治療の方法はなかった。クシャミだけでなく、水洟がひっきりなしに出る。涙もひっきりなしだ。ティッシュで拭いても拭いても出る。拭く尻からタラタラと出て来るさまは

157　懐旧の春

まるで底なしの泉を顔の奥に抱えているようだった。一日中、ティッシュの箱を抱えていた。鼻の下と目尻は赤くただれて、鼻孔と瞼のヒリつきは治る暇がない。

知り合いに物識りを自任している占いのおっさんがいて、その人から治す手段として、「鼻から塩水を吸い込んで口から出す」というやり方を教えられた。あえて名をつけるとしたら鯨式鼻炎治療法というのだそうで、それ以外に治療法はないといわれた。事実、病院が出す薬は強い眠気がきて仕事に差支えるのだった。

仕方なく私は洗面器に塩水を作り、そこに顔をつけて鼻孔からズーズーと塩水を吸い込んだ。ただれた鼻孔、その奥、咽喉の方までが塩分に刺激されて、とび上るほど辛い……というのか痛いというのかもうわからない。咽喉を灼きつつ流れてくるやつを急いで吐き出す。

「いっぺんではあきませんで。何べんもくり返してやらな、あかん」

と占い師のおっさんはいう。おっさんは大阪の人で、私の故郷も大阪であるから

158

大阪弁は懐かしい言葉なのだが、こういう切実な場面では何だか妙にノンキで信用しかねるという気持になる。そう思いながらも、しかしそれ以外に方法がなければやるしかない。ズーズーと吸い込み、ペッペッと吐く、を私は眞剣にくり返したのだった。

花粉症という病名が生れたのはそれから暫くしてからである。元兇は杉の花粉でそれが春の西風に乗って飛散して人の呼吸器などの粘膜に作用するのだということだった。戦争中の国策でむやみに杉を増殖したためにこうなったのだと怒る人がいたが、だからといって、あちこちの杉山を丸坊主にしようということにはならなかった。私は相変らず鯨方式をやりつづけるしかなかったのである。杉花粉飛散の時期が終り、五月の声を聞くまでは。

一年経つとまた春は来る。まだストーブが必要だというのに、ハ・ハ・ハ、と鼻

159　懐旧の春

の奥がムズムズしてきて私は誰よりも早く春が近くに忍んできていることを感じ取っていたのである。

花粉症という病名が生れたということは、それだけ患者が増えてきたということだった。やっとお医者さんも本気になってくれたのだ。

そうして「春先のハナ風邪」から「花粉症」を経て、「アレルギー性鼻炎」といういかにも「本格的な病気」といった趣の病名がつけられ、お医者さんたちの本気度が窺えて、私は希望を持った。遠からず孤独な鯨の道を歩かなくてもよくなるだろうと期待に胸を膨らませたのである。そうして間もなく、専門の先生によるこんな意見を知らされた。

「かつての日本人の腸内には蛔虫などの寄生虫がたいていいた。そのおかげで花粉症なんてものは起らなかったのだ」

そういえば小学生の頃、月に一度、学校でカイニン草という、臭くて胃がでんぐ

り返りそうな薬草を煎じた飲物を強制的に飲まされた覚えがある。世の中にこんな

ひどい飲物があったのか、と泣いて暴れたくなるような味と臭いだった。それを飲

むと蛔虫は死んで肛門から出てくる。何匹もの蛔虫がからみ合って、手毬のように

なったのが出て来た少年がいるという物凄い噂もあり、その少年は殆ど敵意に近い

目で見られたくらいだった。

　蛔虫は我々の敵ではあったが、その一方でよいこともしていたことがそのうちわ

かってきた。彼らはアレルギーの主役であるＩｇＥ抗体というやつを、人の腸内で

戦って食ってしまっていたというのだ。昔は花粉症がなかったのは、蛔虫のお蔭だ

ったというのである。当時の子供にハナタレが多かったのは栄養失調のためで（そ

れも蛔虫が原因）、鼻の下に垂れている洟水二本棒と一緒に花粉は流れ出て、花粉

が内へ入るのを防いだという説もあった。

　となると私の花粉症を治すには、蛔虫の卵（というものが賣られていれば）を飲

161　懐旧の春

んで腹中で育て、栄養失調になってハナタレ婆ァになればいいということになる。

しかしこの文明の進歩、経済成長して贅沢になり清潔が尊ばれ衛生第一になった現代ではそんな手段で花粉症を完治出来ないことは明らかだ。

そんな時、「花粉症は年を取れば治る」といって慰めてくれた若い友人がいた。

その人の両親は共にひどい花粉症だったが、七十を過ぎてから二人ともぱったりと治ったというのだ。その時私は六十前半で、その時から「年を取る」ということが私の希望になったのである。

しかし七十になっても八十になっても一向に治らない。いったい「年寄り」とは幾つになることなんだ、といいながら、もう治そうとする気力もなく、花粉症を修行と考えて、ひたすら耐え忍んで八十代を過した。

そうして去年のことだ。ついに九十の声を聞きそして一年が過ぎて九十一歳の春が来た時、私は気がついた。春はとっくに来ているのに、何の気配もないのだ。

162

ハ・ハ・ハクションも起らず涙も洟も出ない。花粉症は治ったのである。よかったよかったと家の者は喜ぶ。これで静かな春を楽しめる。毎日、あのヤケクソのクシャミを聞くのはたまらなかったものね、などといっている声を背に、私は思い出す。あの時、友人はいった。花粉症が治るということは、もうアレルギー反応が起る体力がなくなったということらしいのよ……。

つまり私は完全婆ァになったということなのである。私は半分死んだのだ。棺桶に片脚入ってる。そういうことなのだ！

ああ、今となってはうららかな春の朝の空気を震わせて、ハ・ハ・ハークション！　思うさまストレスをぶっ放していたあの頃がしみじみ懐かしい。

平和の落し穴

四十代の奥さんが飼犬と散歩中、犬が道端で糞をした。そこを通りかかった男性が「こんなところで糞をさせるな」と怒った。奥さんは糞を持ち帰る袋を用意していたのだが、男の剣幕に呑まれて説明する間がなく、男は行ってしまった。それ以来、奥さんの頭からいやな思いが離れず、気持がざわついて、なかなか消えない。

どう気持を整理すればよいか？

過日、そういう相談が新聞の「人生案内」欄に出ていた。

これを讀んだ時、私は思わず相談者の年齢を確かめた。そして「四十代」とあるのに思わず「うーん」と唸った。

連れている犬が道端でウンコをした。通りかかった親爺が文句をいった——。

それだけのことじゃないか。たったそれくらいのことで、「いやな思いが離れず気持がざわついて」その気持をどう整理すればよいかと、わざわざ葉書に書いて新聞社に送るとは……。

こんなことは昔は小学校の女の子が悩むことだった。子供から訴えられた母親は、

「そんなおっさん、気にしなさんな」

の一言ですませた。それでもメソメソしていると、

「この忙しいのに、何をぐだぐだいうてる！」

と叱られた。それで終る程度のことだった。だが相談を受けた識者の先生は、内心はともかく親切に力づけようとして知恵を絞って回答されている。仕事とはいえたいへんですなあ、と私は同情した。

ところがその次の週、同じ新聞の相談欄を読んだ私は、またしても「うーん」と

165　平和の落し穴

唸った。

「三十代のパート女性。趣味で絵を習っている。そのグループの展覧会が開かれることになったので、友人たちに声をかけて、当日は来てくれるのを待っていた。だが当日、家族も友人知己誰一人来なかった。こんなことなら声をかけなければよかったと後悔し、それ以来落ち込んで空しくなり、絵は押入れにしまったままにしている……」

またしても私の頭に浮かんだことは、「年ナンボ？」だった。見れば三十代だというではないか。しかし回答者は憤慨の様子もなく、丁寧に答えておられる。私なら、

「来るというのに一人も来なかった。ソレが何なんです？」

で終るだろう。

今の人は皆、忙しいのだ。それぞれが自分の生活を大事にしていて、したいこと

をいっぱい抱えている。義理人情よりも、自分の都合を優先する自己チューが当り前という世の中だ。他人の絵を見ることに何かのメリットがあれば出かけるかもしれないけれど、どう考えてもたいした絵ではないと思ってる時は行かない。素人のヘタッピーな絵を見て、見た以上は何かお世辞のひとつもいわなくてはならない。それを考えるのも面倒くさい、という人もいるだろう。しかしご当人は自分の絵に自信があるから、人の気持など忖度する余裕がない。来るのが当り前だと思っている。(もしもこの立場が逆である場合は、この相談者は萬難を排してでも行くだろうか?)

——私の描く絵なんて、たいした絵じゃないしなァ。見たいと思わないのもムリないかも。

と思うことが出来れば、なにもそれほど「落ち込んで空しくなる」ことはないのだ。「絵は押入れにしまったままにしている」って?

絵に八つ当りしてはイカンですねえ。自分の産み出した絵、分身ともいうべき絵を、産み出した当人が押入れにほうり込んだままにしてはいけない。絵にも「魂」はあるのですよ。

私は一九二三年生れである。新聞の人生相談は私がもの心ついた頃からあった。当時「ねえや」と呼ばれた家事手伝いの人たちは、政治面や経済面は讀まなくても、身の上相談だけは熱心に讀み、その内容に一喜一憂して、エプロンの端で涙を拭いたり、励ましの回答に不満を洩らしたり、ねえや同士で感想を述べ合って、意見の違いからしまいに喧嘩になったりしていた。

その頃の相談といえば、夫の浮気や横暴、姑の無理解、意地悪。男に騙された、処女を奪われた、妊娠させられ捨てられた、苦界に賣られた、一方的に離婚させられた、などというもので、どの相談も男社会ゆえの不平等、理不盡の中に身を置か

168

された弱い女性の、涙ながらの相談ばかりだった。

そしてそれらの回答といえば、読む前からもう答がわかっている。たいていが我慢、忍従を説き、気持を強く持って辛さを耐え忍び、誠を盡せば必ずや夫（もしくは姑）の心を動かしてやがては幸せな日々が来ます、というようなものが殆どだった。

そんな男とは別れてしまいなさい、とか駆け落ちを勧めるといった回答はなかった。女は弱く、自力で生きることは難かしい時代だった。女は男に扶養してもらう見返りとして夫と夫の両親に仕え従い、子供を立派に育てるという役割を当てがわれているという動かし難い社会の仕組みがあった。そんな男とは離婚してあなた自身の人生を歩めばいい、などといっても、「わたし自身の人生って？　どうすればいいの？」と困惑するばかりだったのだ。

現実的には人生相談はたいして役に立たなかったと思う。それでもか弱い女は無

駄と知りつつも何らかの慰めを求めて、藁にも縋る思いで相談の葉書を出した。

そういう時代を経て、今がある。

男女は平等。女性は主体性を持って社会に出て働き、報酬を得て自立した人生を生きられるようになった。核家族になり姑との関係は「スープの冷めない距離」を置けるようになり、離婚は女の恥ではなくなって、新しい未来への出発点になった。思わぬ妊娠をしても必要に応じて処置が出来る。「私生児」という陰湿な言葉はなくなって、輝やかしい「未婚の母」という名称が生れた。夫の給料が足りなければ、自分で働いて補うことが出来るし、自分の金だから気がねなく遣える。

かくて日本女性は強くなったのではなかったか？

知的になったのではないのか？

主体性をしっかり身につけたのではないのか？

170

なのにこの人生相談は、これはいったい何なのだろう。

自分の心の持ち方、感じ方まで他人に教えてもらわなければならないとは……。

私の友人はそんな私にいった。

「平和なのよ、要するに」

え？　平和がいけない？　なるほどねえ。何の不足もない平穏な暮しの中では悩んで考えこむ必要がない。考えない生活からは強さ、自立心、何も生れない、生れるのは依存心ということか。

平和は有難いが、平和にもこんな落し穴があるのだなあ……と、私はやっと気がついたのであった。

老残の悪夢

テレビの音声と映像がずれて直らない。そのテレビを買った古いつき合いの電気店に電話をかけて相談したら、そういう故障は製造元が修理することになると思うので、本社へ連絡します、といった。

間もなく本社から青年が来た。説明を聞くか聞かないうちにリモコンをチョコチョコとさわる。あっという間にテレビのずれは直っていた。

「何かの弾みでここが押されたんですね」

と彼はリモコンの表側を押していった。

「それだけのことで？　なーんだ……」

思わずいった。その鼻先にさし出された紙切。

修理出張費　四千五百円。

──リモコンチョコチョコで四千五百円！

その金額は私の頭の中で渦を巻いた。しかしそれが決りの金額であることは、平然としている相手の態度で明らかだ。

本社から来て下さいと私は頼んだ覚えはない。私は馴染みの電気屋の親爺に「何だか知らないけど映像と声がバラバラになるのよ」といっただけだ。そういえば今までなら、「わかりました。後で行きます」という返事が来たものだ。あるいはいちいち質問して、もしかしたらリモコンのボタンが押されたのかもしれないね、ちょっと押してみて下さいよ、とその箇所を教え、どうです、直った？　よかったね、アハハ、ですんだものだ。

それが勝手に本社へ連絡し、修理係がスクーターで走って来て、チョコッとさわ

173　老残の悪夢

って四千五百円！

「どうも！」

といって帰って行った。何が「どうも」だ。

ボヤいている私に、来合せたフリーライターのWさんがいった。

「今はすべて合理的に処理される時代ですからねえ」

「合理的？　これが？」

電気屋の親爺が丁寧に事情を聞いて、それならば、と思い当る処置法を教えてく

れればそれが一番早道の解決法だ。それを合理的というのではないのか？

広辞苑を改めると、こうある。

合理——道理にかなっていること。

単純明快な答である。だがつづいてこうある。

合理化——むだを省き、目的の達成に好都合なように体制を改善すること。

174

その通りだ。だから本社から技術者が来たりしなくてもいいのだ、と頷きながら

さらに見ていくと……。

④労働生産力をできるだけ増進させるため、新しい技術を採用したり企業組織を

改変すること。 実質的には超過利潤獲得の一手段となる。

要するに、 古い人情、 習慣なんて無駄は捨てて本社から人を派遣すれば、 チョコ

チョコさわって四千五百円の利潤獲得が成り立つということか！

「そういうことですわ……」

と時代の尖端（せんたん）を行く気鋭のライターW女史は、 勝ち誇るように（と私には見え

た）いったのであった。

毎年盛夏の二か月近くを私は北海道で過す（すごす）。 東京の家はその間、 無人である。 冷

蔵庫以外の電源は門燈も含めてすべて落して出かける。

175　　老残の悪夢

にもかかわらず、昨年の夏、電力会社の八月の請求額は「八千円」だった。くり返すが四十日間、この家は無人である。鍵を厳重にかけて誰も入れないようにしてある。

なのに八千円。

私は漏電を心配して電力会社に連絡した。すぐ担当者が来た。見たところ二十代の感じのいい青年である。彼は私の説明を聞きながらメーターを調べたり、電源を見たり、八千円の請求書を睨んで首をひねったり、揚句の果にいうことは、「電源、落したつもりで、ホントは忘れたんじゃないですか？」。

居合せた手伝いのおばさんはプリプリして、

「わたしが間違いなく切ったのよ！　この踏台を運んで、よいこらしょと上って切ったのよ！」

しつこくいい募っている。青年は「はあ、そう、ふーん」というだけ。どうやら

176

彼は断乎として、八千円の使用料の落度責任は私の方にあるという結論にする使命を帯びているらしく、私とおばさんを質問攻めにし、とにかくもう少し様子を見て下さい、といって帰って行った。様子を見るというからには、請求金額も様子を見るのかと思っていたら、チャッカリ、八千円、銀行から引き落されていた。それっきり「様子見」はつづいている。何の沙汰もない。

それから（しつこいようだが）まだある。今度はファクシミリだ。私が熱を出して寝込んでいる間に、ファックスの用紙が盡きたので、誰か（娘かおばさんか）が新しい用紙に入れ替えた。その入れ方が間違っていたのか、送られて来る通信が白紙のまま流れて山になった。そこでNTTへ相談の電話をかけたら人が来た。何のことはない用紙の入れ方が違っていただけであるから、修理費はいりません、出張費だけいただきますという。いいですよ、おいくら？　八千円。えっ？　八千円。また！　（我が家には八千円の呪いがかかっているのか！）いったいどんな遠く

から走って来たというのだ！　しかしそれがキマリである以上は、文句はいえない。

それが現代合理主義の仕組みなのである。そのキマリをどんな奴がどういう根拠で

決めたのか、知らないままに従っている私たち。

なるほど、よくわかったよ。これが文明社会というやつなのだ。この非人間的な

進歩に追いつく力を失った老いぼれは、とり残され文句をいいながら、無駄ゼニば

かりを出さされるということなのか。

わかったよ。もうお前さんらの世話にはならないよ、誰が世話になったりするか、

私は私で生きるよ！　イーだ……。

と顎突き出しても、さて、それからどうするか。蠟燭と囲炉裏の生活？　庭の木

を伐って薪造り？　だがその木は誰が伐る？　誰が運ぶ？　誰が割る？

エイ、面倒くさい！　手っとり早いのは死んでしまうことだ。葬式なんかいらん。

178

坊主もいらん。そのへんの川にでも捨ててくれ。なに、そんなことしたら、警察問題になって、捨てた娘は罰金を取られるかもしれないって？……もう知らん！　勝手にせえ！

死ぬに死ねぬ情けなさ。そんなところへファンと自称する女性からカマボコが送られて来た。

「佐藤先生。もっともっと百まで長生きして下さい」だと。

「何をいうか。人の気も知らず」

腹立ちまぎれにガブリと嚙めば、ゆるんでいた入歯がカポッと外れた。

いちいちうるせえ

いちいちうるさい世の中である。

昔は箸の上げ下ろしにうるさいのは佐藤愛子ということになっていたのだが、その佐藤が、

「いちいちもう！　うるさいなあ……」

眉を寄せて独りごちるようになった今日この頃はいったい、どういう時代なのだ。

ヴァイオリニストの高嶋ちさ子さんが、息子さんの「ニンテンドー3DS」を真っ二つに折って壊した。平日のゲームは禁止という決りを九歳の息子さんが破ったからだという。

その顛末を高嶋さんが新聞のコラムに書いたところ、忽ちネット上で大炎上した。

それを「ゲーム機バキバキ事件」というそうだ。ネット上の大炎上とは「子供への虐待」「やり過ぎ」とか「子供の気持をわかろうとしない親はバカ」とか、「任天堂に謝れ」なんてものまであったらしい。なぜ任天堂に謝らなければならないのだろう。私にはよくわからないが、要するに当節は興奮すると味噌もクソもいっしょくたにして文句を楽しむ人がイチャモンをつけて溜飲を下げる趣味というか、生甲斐というか、いや、流行性の病のようなものというべきか。イチャモンつけの元祖である私でさえただ呆気にとられるばかりである。

高嶋ちさ子さんの気持、約束を守らなかった息子さんに腹を立ててゲーム機を二つに折った気持、私にはよくわかる。普通の母親であれば誰だってカンカンに怒る。それが母親というものだ。母親にとって子供は自分の血を分けた、切っても切れぬ分身である。こういう人間になってほしい、こういうことはしてほしくないと常に

願っているのは分身ゆえだ。他人の子供ならば「あんなことしてる。しょうがないねえ」ですむが、母親だから怒りに火がつく。怒るなといっても無理だ。それが母親というものなのだから。

親の感情を子に押しつけるな。

子供の自主性を尊重せよ。

親は権力者であってはならない。

などと、教育の専門家はいう。正論である。

しかし生身で子育てに熱を籠めている母親には、正論なんぞ右の耳から左の耳へ抜けて行く。自主性を尊重しろといわれても、そもそも自主性なんぞうちの子にはないのだから尊重なんか出来ません、という母親もいれば、子供の気持をわかれだなんて、ヒトゴトだと思って夢みたいなこといわんでほしい、子供の気持を思いや

ってたら、こっちの身がもたないよ、と怒る人もいる。　男の子が三人いる子育てな

んて、これは日々戦闘です、という人もいる。

俗に「鳶が鷹を産んだ」というが、それはたいした教育も出来ないような教育の

ない親なのに、子供は立派な人物になったことをいっている。それぞれの親からそ

れぞれの子供が育っている。こうしたらこうなる、ああしたからああなったという

のは結果論であって、「親の心得」についてなんぞ、ことごとく正論をぶったと

ころでどうなるものでもない。　親はしたいようにすればいい。　するしかないのであ

る。　高嶋ちさ子さんがゲーム機を二つ折にしても私は、バカボンのパパのように、

「これでいいのだ……」

というだけである。

この騒ぎと前後して、ビーフカツに異物が混入した疑いがあるというので製造元

が廃棄処分にしたものを、廃棄業者が横流しをしてそれがスーパーで安く賣られて
いたという騒ぎがあった。そして例によって憤慨する声、心配する声が湧き上った
のだが、そのうち「値段が安いものに無考えにとびつく女性がいるのがイカン」と、
女性の安物買いを批判する人が出て来た。そういわれれば、それは確かに正論だ、
うちの女房を見てると、全くその通りだと共感するご亭主族も少なくないということ
らしいが、それを聞いた大阪のおばちゃんが、

「正論もヘッタクレもあるかいな。そんなもん、安けりゃなんぼでも買うがな」

という一言ではね飛ばしてしまったそうで、私は嬉しくなって思わず拍手をして
しまった。

安物にとびつく——。それこそ日本の伝統的な主婦魂というものだ。この主婦魂
によってこの国の浮沈の歴史が支えられてきたのだ。豆腐一丁が十三円だった時代
のこと、十円豆腐を賣る店があると聞きつけて、二キロの雪道を歩いて買いに行っ

184

たという友達の話は、私たちには涙が出るほどの美談だった。誰もが苦しい家計をやりくりして子供を育て家庭を守らなければならない時代だった。生活費の少なさを愚痴る暇があったら、十円豆腐屋へ雪道を歩くことを厭わないという哀しくも健気な（今はアホかといわれる）気持が「主婦魂」の根ッ子なのである。

異物が混入したらしいビーフカツの、その異物とはどんな物かと訊ねると、はっきりしないがプラスチックのカケラみたいなものじゃないか、という話だった。正体もよくわからない。混入したかどうかもわからない。「らしい」という話だ。「らしい」だけで廃棄するのか！　四万枚も！

しかしそれが文明国のなすべきこと、あるべき姿だといわれれば、そうですか、といって引き下るしかしようがない。

もしもプラスチックのカケラが混入していれば、口に入れると舌に触るだろうか

ら、その時は吐き出せばいい、それだけのことなのに、もったいないねえ。　大袈裟

だねえ……などと、落ちぶれた主婦魂の持主たちはひそひそといい合うのみだ。

　この頃のこの国を、やたらにギスギスとして小うるさく、住みにくくいちいちう

るさく感じるようになっているのは、何かにつけて雨後の筍のように出てくる「正

論」のせいで、しかしそう感じるのは私がヤバン人であるためだということがここ

まで書いてきてよくわかったのである。

186

答は見つからない

　広島県府中町の中学三年生の少年が、身に覚えのない万引をしたと記録され、高校への推薦を出せないと教師からいわれて自殺したという傷ましい事件が起った。

　万引があったのは二年前のことで、パソコンの入力時に間違って入力されたままになっていた。別人の万引が少年のしたことになっていたのである。

　それを信じた女教師から、あなたは二年前にコンビニで万引をしてるわね、といわれた時、彼は「はい」と答えたという。なぜ、「はい」などといったのだろう？

　万引は彼にとって寝耳に水の言葉である。なのに「はい」といった。「はい」といえば万引を認めたことになるのに。

「はい」ではなく「はァ？」だったのかもしれない。それを教師が「はい」と聞い

てしまったのか？　何しろ二人だけの会話だからわからない。彼自身もわからない

のかもしれない。　頭が真白になって、とりあえず「はい」といってしまったのかも

しれない。

　この返事が少年の運命の岐路になった。教師はそれを事実と信じて、あっさり高

校推薦は出来ないという結論だけを宣告した。ここで何らかの言葉をかけていれば

（お説教をするにしても、慰めるにしても、こういう場合教師なら生徒に「何かい

ってやりたい」という気持になるものだろうに）、少年も本当のことを訴えただろ

うに。スピード違反を見つけた警官じゃないんだから、テキパキとことを運べばい

いというものじゃないだろう。

　少年は抗弁もせず泣いて無実を訴えることもしなかった。そうしたいと思う前に

彼は絶望していたのだ。

188

——どうせ、何をいってもわかってくれない。

そう思っていた。もしかしたら、今の教育現場、教師と生徒との関係はそういうものになっているのかもしれない。

少年は親にも相談しなかった。何かの報道で、「相談しようと思ったが、親が忙しくしていてその暇がなかった」と彼がいったというのを見たが、ことは「忙しいから相談するのはやめておく」といったたぐいの話ではない。人一人の一生が決められてしまうような重大な問題だ。だが彼は眞実を訴えたいという気持を捨てていた。学校の教師だけでなく、おとなというものにしらずしらず絶望していたのかもしれない。ふりかかってきた災厄に抵抗しようとさえ思わなかったのである。

何をしても無駄だ……
今更いってもしようがない……
思うことはそれだけだった。

189　答は見つからない

少年の心のうちをそう忖度すると、私は可哀そうでたまらなくなる。そんな彼を「気が弱すぎる」「自分の正当を主張する力がなくてどうするか」などと批判する気持はなくなる。教師が悪い、親は何をしていた、などとしたり顔に、思いつき程度の批評をしてすませてしまえるような問題ではないのだ。彼が死んでしまいたいと思い、それから自殺を考え、それを実行するまでの心のうち、孤独のどん底でとつおいつした胸のうちを想像すると、誰に向けていいのかわからぬ悲憤に私は包まれる。

ああ、何という世の中になったのだ。教育論がとびはね、「子供の気持を理解しなければいけない」「自主性を認めなければいけない」などと空念仏を唱えて、それでわかった気になっている。したり顔の理論を口にしてそれを教育の要諦だと思っているうちに、本来ある筈の「情」が磨滅していった。

190

昔は「頭痛と自殺は子供にはない」といわれていた。私が小学校の時、「頭が痛いから学校を休む」といったら、「頭痛？　そんなもの、子供にあるかいな」と一蹴されて無理やり学校へ行かされた。　算数の試験があるので仮病を使ったのだが、あえなく見破られたのだった。

子供に自殺と頭痛はないという通説は本当だったような気がする。つまり当時の子供は鈍感で暢気だったということだろう。　先生やお父さんは怖いものと決っていた。　実際、先生やお父さんは子供をよく叱った。　嫌いも好きもない、ただ怖い存在だった。　子供の気持なんか何もわかってくれない、わかろうとしない人たちだと思うけれども、向うの方がエライのだから仕方がない。　向うの方が正しいことをいっているのだと思い決めて、抵抗せずに従っていた。

頼りになるのは「お母さん」だった。　先生に叱られたり喧嘩で負けたりすると、お母さん目ざして走って帰った。　そして涙ながらに訴える。　すると、

「それはお前の方が悪い。先生が間違ったことをおっしゃるわけがない」

期待に反してお母さんは必ず先生の味方をするのだったが、それでも訴えたこと

で何となく気持が落ち着いて、傷ついた心は晴れたものだ。

昔の男の子たちはよく先生から殴られたり、廊下に立たされたりしていた。体罰

が必要なほど当時の男子児童はエネルギーに満ちていて、「わるさ」が多かった。

殴られても骨が折れたり熱が出たりしないのは、年中どやしつけられたりはたかれ

たりして鍛えられていたからだろう。先生や親父さんからそんな目に遭っても、泣

きはしても恨むことはなかった。すぐに忘れて、また叱られるようなことをしたの

である。年中、子供に怒りながらも、親は可愛がった。子供のことが常に念頭にあ

ったから、箸の上げ下ろしに怒ってしまうのだった。

毎日のように叱ったり叱られたりしながら、親子は密着していた。そこには

「情」というものがあった。子供にだって「いっそ死んでやれ」とヤケクソになる

192

ことがある。だがそんな時頭に浮かぶのは「自分が死んだら、父ちゃんや母ちゃんがどんなに悲しむだろう」という思いだった。兄ちゃんや姉ちゃん、喧嘩ばっかりしている弟やいつも虐めている妹ともう会えなくなる、弟はやっぱり泣くだろうか、妹は、おばあちゃんは、隣りのおばさんは……などと思いが広がっていくうちに、死ぬ気は夢のように消えてしまう。私にもそんな経験が何度かあった。

過去のどの世代も、今ほど結構な子供時代を過してはいないというのが、私たち長老組の感想である。長老の一人は──

「とにかく小学校の給食にデザートがつくんだからねェ……」

と忌々しがっている。我々が毎日食べていたお弁当はどんなものだったか。カロリー、栄養、そんなものクソくらえという弁当だった。なにしろご飯の眞中に梅干が一つ入っているだけの弁当を「日の丸弁当」と称して、文句もいわずに食べてい

た。

今は運動会だというとお父さんお母さん揃って応援に行く。お父さんは写真を撮りまくり、お母さんは華やかに作った弁当を広げる。子供を喜ばせるために、だ。

子供の誕生日にはケーキに蝋燭を立て歌を歌う。子供を喜ばせるために。

そんなふうにしてもらいながら、子供は親に黙って突然死んでしまう。なぜ親と子の間にこんな隔絶が生じたのだろう。どの親も一所懸命に子供の教育に心を砕いているのに。

どうすればいいのでしょうと問われても、私には答えられない。

「人間というものはつくづく難儀に出来ているものなんですねえ」

そう嗟嘆するのみである。

テレビの魔力

　三月二十三日、テレビ朝日で「橋下×羽鳥の新番組始めます！」を見た。橋下徹といえば何年前になるか、テレビのバラエティ番組で軽いノリでふざけていた黄色いサングラスの若手弁護士だったのが、突然大阪府知事になり大阪市長になり、大阪の行政のドロ沼を引っ掻き廻していたいことをいい、したいことをして日本中の注目の的になって何年か、そのうち政治というものに失望したのか、飽きたのか、そのへんの事情は私なんぞにわかるわけがないが、この度再転身して民間人に戻り、弁護士業を再開するのかテレビタレントになるのか、一挙一動が人の目を惹く人物である。

その人が「日本の未来を眞剣に考えてトークを交わす」という番組に出るというのだから、私は興味をそそられた。ゴールデンの三時間番組であるから、さぞかしたっぷりと今、日本が抱えている数々の問題について語られるのだろうと、(このところテレビ番組に期待など持ったことのない私であるが)久しぶりに期待を膨らませてテレビの前に坐ったのであった。

まず始めに橋下氏と羽鳥アナウンサーとの挨拶代りの短いトークがあり、それから早稲田の街を歩く二人の姿が現れたのは、二人ともに早稲田大学の出身者だからである。私はやや退屈した。早稲田という街はゆかりのない者にとってはたいして面白い街ではない。ここで四年間の青春時代を過ごした人にとっては懐かしい思い出のある所だろうが。

どうやら橋下さんの学生時代はそうヤンチャなものではなかったらしい。まあ普通の学生だったようだ。「酔っ払って落っこちたドブ川」とか「喧嘩に負けて逃げ

196

込んだ交番」とか（私の兄などは交番のおまわりさんの留守に隙を見て、柱時計を盗んで逃げた、なんてわるさをやって喜ぶ不良だった）「通い詰めたコーヒー店の出戻り美人は今は……こうなっていた！」とか、その程度の「これが青春だ！」といえるようなエピソードでもあればいいのだが、「食堂のチャーハンの味が昔と変っていない」という程度の思い出では、私のような刺激の多い人生を生きて来た者には気の抜けたサイダーを飲まされるといった感じだった。

「日本の未来を眞剣に考えるトーク」というのはまだかまだか、と苛立ち加減になってきた頃、やっと七人の論客が登場した。その一人ずつが「今の日本のおかしいと思うこと」を開陳して残りの人たちが議論をするという仕組みである。まず皮切りに橋下さんが問題提起をした。

「若い女性がピアスを耳に、それも一つではなく二つも三つも開ける。そればかりか、鼻やヘソにまで開けるとはなにごとか」

私は我が耳と目を疑った。

しかし論客たちは一向に驚いたふうもなく次々に発言し、司会の羽鳥アナウンサーの指示に従って手もとのボタンを押せば、頭の上に「おかしい」「おかしくない」のパネルが上る。

呆気にとられている私の目の前で、論客の問題提起が進んで行く。

「バスタオルというものはお風呂に入って綺麗になった身体を拭くのだから、洗濯を毎日する必要はないのではないか」

これが「日本の未来を眞剣に考えるトーク」だというのか！　町内会の寄り合いの茶飲み話じゃないんだよ！

しかしこの発言はおそらくテレビの構成者によって考え出され、出演者は否も応もなくいわされたものであろう。　発言する人たちの胸中はいかばかりか、と思いつ

つ、それにしてもよくもまあ、こんなに愚劣なことを考え出せるものだと、呆れるのを通り越して感心してしまったくらいである。

当節は人が顔を合せると「この頃のテレビはつまらないねえ」といい合うのが挨拶代りになっているが、それはどうやら制作にたずさわる人たち（構成作家？　プロデューサー？　ディレクター？）の「視聴者は他愛のないことを喜ぶ」という思い込みのためだろうと私は考える。

例えば「中国の脅威への心構え」とか「マスメディアへの注文」とか「アメリカ大統領選への感想」少し砕けて「トランプというおっさんをどう思うか」でもいい。ヘソピアスやバスタオルの洗濯回数よりは中身が濃いと思うのだが、この国の大衆はそういうことに関心がない愚民である、と思いこんでいるかのようだ。失礼じゃないか。

それにつき合わされる出演者こそたまったものではなかろう。テレビ局のスタジ

199　テレビの魔力

オに入るとその時から出演者はテレビスタッフのいいなりになる。出演を了承したからにはそれが当り前のことだと局側は思いこんでいるので、その思い込みの力に出演者は負けてしまう。スタートに着いたランナーのようになる。スターターに文句はいえない。橋下さんは毒気を抜かれたか、借りて来た猫のようだった。私はそう感じた。

数日後、週刊誌でこういう記事を見た。

「橋下徹は賞味期限切れ？ ゴールデン特番が視聴率９％」

そしてテレビ記者はこんなことをいっている。

「改めて橋下さんが東京では数字を持っていないことが証明された……云々」と。

何をいってる。番組の失敗は構成者が視聴者をナメていたせいではないか。なに

200

が賞味期限切れだ。そんなことを考えるよりも、自分たちのいい加減な構成力を反省した方がいい。

それにしてもテレビはなぜそんなにエライのだろう？

テレビは人間を操り人形にしてしまう。人の抵抗力を失わせる。

その力はどこから来るのだろう？

番組終了後、橋下さんが、

「これで視聴者が興味を持つのかなあ？」と首を傾げた、

と週刊誌が報じているのを見て、私は思った。

「これで視聴者が」の「これで」は本当なら「こんなもので」といいたいところだ。

「こんなもの」の「こんな」には、「愚劣な」という言葉が透けている。私ならハッキリそういっているところだ。

しかし橋下さんはこんなことがあったからといって、テレビ出演をやめたりはし

ないだろう。

もう今頃は、何もかもすっかり忘れて、次の企画に乗っているかもしれない。

私なりの苦労

ある雑誌のインタビュアーが来て、開口一番、

「人生で最も大切なことは何でしょうか」

と訊く。

私は困った。言葉が、というより考えが何も出て来ない。私のようにひたすらがむしゃらに生きて来た人間は、日々、ものごとを深く考えて総括しながら暮しているわけではないのだ。しかし世間の人は作家であるからには、常に何かを考えて答を持っている「すぐれもの」（？）だと思って……いや、ホントはそんなこと思っちゃいないんだけれど、ボールを投げればそれなりに打ち返してくる便利な手合で

あると思っているようで、簡単によく考えないで、出任せの質問を投げてくる。だが作家にもピンからキリまであって、私のようなキリになると、打席に立つとめったやたらにバットを振り廻すヘボバッターのように当てずっぽうをしゃべるのだが、その当てずっぽうがたまにヒットになったりするものだから、インタビュアーの方も、じっくり球種を考えずに気楽に投げてくるのだ。

人生で最も大切なことは何かって？

簡単にいうな、と怒りたくなる。私はいつもふざけているようだけれど、芯のところでは眞面目で眞剣な人間である。ふざける時も眞剣にふざけているのだ。軽く返事が出来る時と、じっくり考えて答えなければならない場合との区別はこれでも心得ているつもりである。

人生で最も大切なことは？　と訊かれて、「愛です」「感謝です」などとすぐに答えるような芸当は私には出来ない。眞剣に、深く考えないから簡単にそういうこと

204

がいえるのだろう。質問する方も簡単に気楽に訊いているから、それで納得した気分になる。それで円滑に事が進む。今は何ごとも手っとり早く事が進むのがよいとされている時代であるから、こういう考えないインタビュアーが生れるのだろう。

　私は九十二年の人生をあと先考えずに生きて来たもので、そのために次々と災難を引き寄せてきた。誰のせいでもない、そんな私の性が引き寄せる災難であるから、どこにも文句のつけようがない。夫が悪いとか親のせい、誰それのせい、あいつに騙されたなどといいたくても、どう考えても私の我儘や協調性のなさや猪突猛進の性のために降りかかった苦労であることは明らかであるから、恨むなら自分を恨めということになって、仕方なく諦める。反省して諦めるのではなく、あっさりすぐに諦めるものだから、懲りずにまた同じ過ちをくり返す。人生いかに生きるか、なんて考えたこともない。その場その場でただ突進するのみだった。

そんな私がどうして「人生で最も大切なことは」などとしたり顔でいえるだろう。

ある時、女性のインタビュアーが来た。なかなか愛想のいい、インタビューに馴れた顔つきの美人で、前にも一、二度会ったことがある。

「今日は佐藤先生に叱られそうなテーマを持って伺いました」

といってにっこりする。

「よろしいでしょうか。あの、佐藤先生がいよいよこの世から去って行かれる時……ごめんなさい。失礼なことを申し上げて」

「つまり『死ぬ時』、ですね? それが何?」

失礼もヘッタクレもあるかいな。人間は皆死ぬのだ。死なない奴はバケモノだ。

「ごめんなさい。その時、その最期の時にですね、好きなものを食べるとしたら、何を召し上りたいか。それを伺わせていただきたいんです」

206

「そんなもの、何もないです」

今でさえ食べたいものなんか何もないのだ。死ぬ時に食べたいものがあるわけがない。

「そう仰言るだろうと思ってましたけど、バカげた質問のようですけど、でもそのお答えでお人柄が垣間見えるのがとても興味深いんです。食通で有名な方が『おにぎりに大根の味噌汁』と仰言ったり、『四ツ星レストランのヴィシソワーズ』といった方は女優さんですけど」

「もうすぐ死ぬのだから、星の数なんてどうだっていい」と私は思うのだが、「いえ、死んでしまうから四ツ星なんです」といわれると、「はァ、そういうもんですか、なるほどね」というしかない。

私はこのテの話題がニガテである。いっても意味のないことはいいたくない。くだくだしい挨拶もニガテである。挨拶は一言でいい。

「うちの弟はホカホカの石焼芋が食べたいっていうんですよ。そうしましたら祖母が、『そんなものはダメ。のどに詰るがな。あかんあかん』って」

私は笑った。ばあさんが出て来て話に実が入った。こういう話なら好きなのだ。

笑っていると、チャンスと見たか彼女は「それで……」と食い下って来た。

「で？　佐藤先生は？」

と攻めてくる。仕方なく口から出まかせ、「イモッケ」と答える。

「イモッケ？　何ですか、それは……」

一見コロッケに見えるけれど、ヒキ肉は入っていない。じゃが芋を茹でて潰して握って揚げたものです、と説明する。私の貧乏時代、夫の会社は常に潰れる寸前だがしかし潰れない、という日々のこと。家計は私の原稿収入でまかなっていたけれど、小説を考えながら晩ご飯のおかずも考えなければならないのが腹が立ち、夫に向って何が食べたいかを訊くと、返ってくるのがいつも「何でもいいよ」だった。

208

私ばっかり働かせて……それくらい考えなさいよ、と怒ると、彼はこう答えた。

「そういうけどさ、じゃあヒレカツがいいとかまぐろのトロ、なんていったら怒るだろ」

確かにその通りだから黙って引き下って、そしてイモッケを考え出した。娘と夫と三人で二個ずつ。来る日も来る日も食べつづけていた。イモッケというのはその時にヤケクソで考え出したネーミングである。

「まあ！　なんていいお話でしょう！」

と美しいインタビュアーは大きな眼を瞠（みは）っていった。

「それで、最期に思い出のイモッケを食べたい……バッチシ、記事に重みがつきますわ。感動的ですわ……」

なめらかな声がそういうのを聞きながら、私は心の中で呟（つぶや）いていた。

──イモッケなど、誰が食べたいと思うかい！

私の今日この頃

暇なので見るともなくテレビの前に坐っていると、孫がやって来た。

「おばあちゃん、あのね……」

用件をいいかけて私の顔を見、

「どうしたの?」

という。

「何が?」と私。

「お腹でも痛いの?」

テレビに向けている私の顔は、どうやら腹痛を怺えているような渋面になってい

るらしかった。

　テレビはバラエティをやっているのだが、何をいっているのかさっぱりわからないから、わかろうとして私は集中しているだけだ。バラエティというと「気らくな日常感」を出すべきとでも思っているためだろうか、出演者は一様にリラックス調でペラペラと早口にしゃべり立てる。身体を乗り出して、食い入るように画面を見つめれば、ワーッキャーッと客席の若い女性たちが大揺れに揺れて笑っているのだがその笑い声のほかに出演者の言葉は何も聞えない。

「なにがおかしい！」

　うるさいな、とついムッとする。　腹イタ顔はそういうなりゆきで生れる顔らしかった。

　「女性セブン」でこの連載を始めたのは一年前の四月からである。その三回目に私は「老いの夢」と題して、私の耳が「二十代の人の半分しか聞えていない」とお医

者さんにいわれたことを書いている。それから約一年経ったこの頃は、「二十代の半分」どころか、七・八割は聞えていないという状態になっていることは、わざわざお医者さんに診てもらわなくてもわかるのである。

テレビだけではなく、人との対話や電話の声もひどく聞きとりにくくなっている。

一年前は若い女性の細い早口の言葉が聞きとりにくかったのだが、今は老若男女、全般になっている。

聞えるのは地声の大きい人で、そういう人と話をした後は、

「あの人はエライ。声に気力が籠っている。今に偉くなる人です！」

などと褒めそやす。

中には「この頃、耳が遠くなっていまして」とあらかじめことわりをいっているにもかかわらず、平気で小声をつづける人がいて、

「あの人はダメ。出世しない！」

と決めつけて憂さを晴らすという情けなさ。

家の者は補聴器をつけたら、というが、補聴器は人の声ばかりでなく、まわりの雑音まで大きく聞えるから煩わしくてたまらないという人が少くないので、そんな思いをするくらいならこのままでいようと思い決めた。

聞えないのに聞えているフリをした方がましである。人が笑うのを見て、（おかしくなくても）一緒に笑うとか、沈んだ顔つきを見て、一緒にしんみりするとか、聞えていなくても、

「はァ〜ン、そうなんですか。なるほど」

と相槌を打つとか、とにかくいつもの仏頂面をやめてニコニコして頷いていれば、だいたいのつき合いはそれですむ。

「でも、相手の人は質問しているのに、ニコニコして『なるほどねえ。そうなんで

すか』なんていうと困るんじゃない」

と孫はいったが、困るのは先方で、こっちはべつに困らないよ、と答える。つま

り私はヤケクソになったのだ。

ああ、長生きするということは、全く面倒くさいことだ。耳だけじゃない。眼も

悪い。始終、涙が滲み出て目尻目頭のジクジクが止らない。膝からは時々力が脱け

てよろめく。脳ミソも減ってきた。そのうち歯も抜けるだろう。なのに私はまだ生

きている。

「まったく、しつこいねェ」

思わず呟くが、これは誰にいっているのか、自分にか？　神さまにか？　わから

ない。

ついに観念する時が来たのか。かくなる上は、さからわず怒らず嘆かず、なりゆ

ない。

214

きに任せるしかないようで。

ものいわぬ婆ァとなりて　春暮るる

おしまいの言葉

二十五歳で小説なるものを書き始めてから今年で六十七年になります。私の最後の長編小説「晩鐘」を書き上げたのは八十八歳の春でその時はもう頭も身体もスッカラカンになっていて、もうこれで何もかもおしまいという気持でした。今まで何十年も頑張ってきたのだから、この後はのんびりと老後を過せばいいと友人からもいわれ、自分もそう思っていました。

ところがです。愈々「のんびり」の生活に入ってみると、これがどうも、なんだか気が抜けて楽しくないのです。仕事をしていた時は朝、眼が醒めるとすぐにその

日にするべき仕事、会うべき人のことなどが頭に浮かび、

「さあ、やるぞ！　進軍！」

といった気分でパッと飛び起きたものでした。しかし「のんびり」の毎日では、起きても別にすることもなし……という感じで、いつまでもベッドでモソモソしている。つまり気力が籠らないのです。

仕事をやめれば訪ねて来る人も急に絶えます。大体が人づき合いのいい方ではないので、自分の方から人を訪ねようという気もなく、それよりも気の合った人はみな、「お先に」ともいわずにさっさとあの世に行ってしまって、ちらほら残っている人はやれ脚が折れたとか、癌らしいとか、認知症の気配がある、などというありさま、誰とも会わず、電話もかからず口も利かずという日が珍しくなくなりました。

娘一家が二階にいるけれど、向うには向うの生活もあり、階下のばあさんがどう

217　　おしまいの言葉

しているか、生きてるか死んでるか、浴槽に死体になって浮かんでやしないかなどと心配するような孝行娘ではないので、用事がない限りは降りて来ない。といって、こっちから二階までエッチラオッチラ安普請のむやみに段差の高い階段を上っておしゃべりをしに行くほどの話題といって別になし、お互いに見飽きた顔ではあるし、それにあまりに長い年月、私は仕事一筋に明け暮れていたため、生活のリズムが普通ではなくなっていて、従ってソッチはソッチ、コッチはコッチ、という暮し方が定着してしまったのです。

週に二日、家事手伝いの人が来てくれるほかは、私は一人でムッと坐っている。べつに機嫌が悪いというわけではないのだが、わけもなく一人でニコニコしているというのもヘンなもので、自然とムッとした顔になるのです。本を讀めば涙が出てメガネが曇る。テレビをつければよく聞えない。庭を眺めると雑草が伸びていて、草取りをしなければと思っても、それをすると腰が痛くなってマッサージの名手に

218

来てもらわなければならなくなるので、ただ眺めては仕方なくムッとしているのです。

そうしてだんだん、気が滅入ってきて、ご飯を食べるのも面倒くさくなり、たまに娘や孫が顔を出してもしゃべる気がなくなり、ウツウツとして「老人性ウツ病」というのはこれだな、と思いながら、ムッと坐っているのでした。

「女性セブン」のKさんが訪ねて来たのはそんな時でした。用件はエッセイ連載の依頼です。

連載？　週刊誌の連載といえば締切は毎週ではないか。

それは今の私には無理だと思いました。

「もう私も九十歳すぎましたからね。これからはのんびりしようと思ってるんですよ」

一応、そういいましたが、その「のんびり」のおかげで、ウツ病になりかけてい

るんじゃないか、という思いが頭の隅っこにパッパパと明滅したのでした。

そんなこんなで隔週ならば、という条件で書くことになったのですが、タイトルの「九十歳。何がめでたい」はその時、閃めいたものです。ヤケクソが籠っています。

そうしてこの隔週連載が始まって何週間か過ぎたある日、気がついたら、錆びついた私の脳細胞は（若い頃のようにはいかないにしても）いくらか動き始め、私は老人性ウツ病から抜け出ていたのでした。

私はよく讀者から「佐藤さんの書いたものを讀むと勇気が出ます」というお便りを貰います。書くものはたいしたものじゃないけれど、「勇気の素」みたいなものがあるらしいんですね。しかしこの秋には九十三歳になる私には、もうひとに勇気を与える力はなくなりました。なくなった力をふるい起すために、しばしば私はヤ

ケクソにならなければなりませんでした。ヤケクソの力で連載はつづき、そのおかげで、脳細胞の錆はいくらか削れてなくなりかけていた力が戻って来たと思います。

人間は「のんびりしよう」なんて考えてはダメだということが、九十歳を過ぎてよくわかりました。

女性セブンさま。有難うございました。

讀者の皆さま、有難う。ここで休ませていただくのは、闘うべき矢玉が盡きたからです。決してのんびりしたいからではありませんよ。

二〇一六年　初夏

佐藤愛子

初出 「女性セブン」二〇一五年四月九・十六日号～二〇一六年六月二日号

佐藤愛子（さとう・あいこ）

大正十二年大阪生まれ。甲南高等女学校卒業。昭和四十四年『戦いすんで日が暮れて』で第六十一回直木賞、昭和五十四年『幸福の絵』で第十八回女流文学賞、平成十二年『血脈』の完成により第四十八回菊池寛賞、平成二十七年『晩鐘』で第二十五回紫式部文学賞を受賞。エッセイの名手としても知られ、近著に『孫と私の小さな歴史』や『役に立たない人生相談』がある。

九十歳。何がめでたい

2016年8月6日　初版第1刷発行
2016年11月29日　　　第10刷発行

著　者　佐藤愛子
発行人　鈴木崇司
発行所　株式会社小学館
　　　　〒101-8001　東京都千代田区一ツ橋2-3-1
　　　　編集　03-3230-5585
　　　　販売　03-5281-3555

印刷所　大日本印刷株式会社
製本所　牧製本印刷株式会社

販売　中山智子　宣伝　井本一郎
制作　元藤祐輔　編集　橘髙真也

©AIKO SATO 2016
Printed in Japan　ISBN978-4-09-396537-8

造本には十分注意しておりますが、印刷、製本など製造上の不備がございましたら「制作局コールセンター」（フリーダイヤル0120-336-340）にご連絡ください。（電話受付は、土・日・祝休日を除く9:30〜17:30）
本書の無断での複写（コピー）、上演、放送等の二次利用、翻案等は、著作権法上の例外を除き禁じられています。本書の電子データ化などの無断複製は著作権法上の例外を除き禁じられています。代行業者等の第三者による本書の電子的複製も認められておりません。